捧读

触及身心的阅读

人生就是要过成自己舒服的样子

丰子恺——著

天津出版传媒集团
百花文艺出版社

图书在版编目（CIP）数据

人生就是要过成自己舒服的样子 / 丰子恺著. -- 天津 : 百花文艺出版社, 2020.4
ISBN 978-7-5306-7876-3

Ⅰ. ①人… Ⅱ. ①丰… Ⅲ. ①散文集 – 中国 – 现代②漫画 – 作品集 – 中国 – 现代 Ⅳ. ①I266②J228.2

中国版本图书馆CIP数据核字(2020)第051730号

人生就是要过成自己舒服的样子
RENSHENG JIUSHI YAO GUOCHENG ZIJI SHUFU DE YANGZI
丰子恺 著

选题策划：唐冠群　胡晓童　　封面设计：UNLOOK · @广岛Alvin
责任编辑：魏　青
出版发行：百花文艺出版社
地址：天津市和平区西康路35号　邮编：300051
电话传真：+86-22-23332651（发行部）
+86-22-23332656（总编室）
+86-22-23332478（邮购部）
主页：http://www.baihuawenyi.com
印刷：天津丰富彩艺印刷有限公司
开本：889×1194毫米 1/32
字数：119千字
印张：8
版次：2020年4月第1版
印次：2020年4月第1次印刷
定价：68.00元

如有印装质量问题，请与天津丰富彩艺印刷有限公司 联系调换
地址：天津市宝坻区新开口镇产业功能区天源路6号
电话：（022）29908595
邮编：301815

注释说明

本书正文中（）中的内容为作者丰子恺先生加的简注，脚注和［］中的内容为编者加的注。请读者朋友知晓。

目 录

CONTENTS

酒｜三杯不记主人谁

四季｜无宠不惊过一生

出游 | 恰逢人间好山水

学习 | 好花时节不闲身

丰一吟 ○

丰子恺潇洒的一生

1898年（光绪二十四年），丰子恺在浙江省崇德县石门湾（今桐乡市石门镇）出世。父亲叫丰鐄，是个秀才，他并不经理祖上开设有百年历史的丰同裕染坊，只是埋头读书，应考举人。三年一次，他已经应了三次试，都没有中举。那时候，他已经有6个女儿，没有儿子，这更使他陷于郁郁不欢。丰子恺的出世，给全家带来了欢乐。三年后，37岁的丰鐄再次赴省城杭州参加乡试，居然考中了。本来，中了举人后，可再到北京会试，但丰鐄遭逢母丧，丁忧在家，不得上京，只得设塾授徒。自己的前途中止了，丰鐄便寄希望于儿子。子恺6岁时，父亲便把他收在座下。

教儿子的《千家诗》每页上端都有一幅木版画，第一幅是大舜耕田图，画着一个人和一只大象，很吸引子恺的兴趣。他向染坊师傅讨了些颜料，为书上的单色画着色，涂成一只红象，一个蓝人，一片紫地。但颜料涂上去，一直渗透到下面好几层。丰鐄发现了这大片大片的颜色，大发脾气，幸亏母亲钟氏赶来，丰子恺才没有挨打，但他再也不敢在父亲面前作画。子恺9岁时，父亲逝世。丰鐄始终不知道儿子会把一生贡献给艺术，成为五四运动以后在中国艺坛上极有影响的人物。

丰子恺十二三岁的时候，他的两个同学在私塾里为了交换他的一幅画而打起来。塾师搜查丰子恺的抽屉，把他的画谱拿去，丰子恺吓得魂不附体。谁知次日上学，塾师竟翻出画谱中的孔子像，问他道："你能看着这样子，画一张放大着色的吗？"子恺回答："能。"回家后，他在大姐的帮助下，用方格子放大的办法，按比例描绘孔子的轮廓，又用颜料上色。这幅鲜明的孔子像后来挂在私塾的堂前，以后每天上学，学生们都要向孔子像鞠躬，小画家的名声也就在全镇传开了。

他16岁时，参加崇德县小学会考，县督学徐芮荪亲自披阅试卷，爱丰子恺的文才，以女妻之。

1914年丰子恺毕业，成绩为众人之冠。随后考入浙江省立第一师范学校。在这里，他受到中国近代文艺先驱者李叔同的艺术熏陶，从此就开始了他的艺术生涯。

1919年他毕业于师范学校，与同学往上海合办上海专科师范学校，并任该校美术教师。两年后，子恺向亲友筹借学费，并卖去石门湾下西弄祖宅一栋，赴日本学画。在日本，他深受日本漫画家竹久梦二和蕗谷虹儿的影响。归国后，即以漫画抒写古诗意境、儿童生活、社会现实观感，从1924年起陆续发表于报刊，深得广大读者的喜爱、赞赏。

1922年，丰子恺在浙江上虞白马湖畔的春晖中学任教。春晖中学以夏丏尊为首，聚集了一群对中国的文艺事业颇有抱负的青年人，其中有朱自清、朱光潜，他们都与丰子恺交往甚密。

朋友们常到丰子恺家中欣赏他的画稿，给予热情的鼓励。朱自清后来回忆当时的情景说：“小客厅里，互相垂直的两壁上，排满了那小眼睛似的漫画稿；微风穿过时，几乎可以听出飒飒的声音。”1925年，《文学周报》恰好要用插图，主编郑振铎向丰子恺索画，并给这些冠以“漫画”的题头。从此中国始有“漫画”这名称。所谓“漫画”，在中国实是创格：既有中国画风的萧疏淡远，又不失西洋画法的活泼酣恣。漫画是一时兴到之笔，其妙正在随意挥洒。

朱自清是丰子恺漫画的发掘者、评论者，也曾为丰子恺的第一本画册《子恺漫画》作序，为第二本画册《子恺画集》作跋。他说：“一幅幅的漫画如一首首的小诗——带核儿的小诗。就像吃橄榄似的，老觉着那味儿。”

早在子恺读师范学校时，李叔同在走遍了艺术的各个领域之后，渐渐产生了脱离尘俗的念头。他出家时，还不到40岁。他取法名演音，号弘一。1928年，丰子恺为预祝弘一法师50岁生日，在上海与法师合作《护生画集》第一集，共50幅，由丰子恺作画、弘一法师写诗，一诗一画对照。后来，在1939年弘一法师60岁时，他完成《护生画集》第二集60幅。这时弘一法师要求丰子恺在他70岁时作《护生画集》第三集，80岁时作第四集……直至100岁作第六集。“缘缘堂”是丰子恺亲自绘图设计的一所中国式建筑，高大、轩敞、明爽，具有朴素深沉之美。在这里，丰氏全家度过了五个寒暑。对丰子恺来说，无论在生活或创作上，这都可说是黄金时代。大部分时间用于作画或写文章，晚上照例饮酒吟诗。

儿童的心态、生活，常是丰子恺漫画的题材，这些画的模特儿大多是他的子女。他疼爱孩子，羡慕他们天真无邪。他认为“人间最富有灵气的是孩子”，孩子才是真正的“人”。从儿童的生活中观察到可爱的意境，他便取作画材。

孩子搬凳子“办小人家”，或者脱下自己的小鞋连同妹妹的新鞋穿在凳子的四条腿上，或者扮作新郎新娘，或者拿着两把蒲扇凑在胯下当自行车骑，这些对丰子恺来说都是极好的画材。

丰子恺越是热爱儿童的天真无邪，就越是痛

感人间的不平等和穷孩子的不幸。因此，他所画的儿童相实际上也包括了社会相。他说：“在这社会里，穷的大人苦了，自己能知道其苦，因而能设法免除其苦。穷的小孩苦了，自己还不知道，一味茫然地追求生的欢喜，这才是天下之至惨！”

他描写社会的画，题材是多种多样的。有以周围环境中的人物为模特儿的，而大部分却是以民间生活、都市生活中的见闻、感想为题材的。

从 1925 年到 1937 年抗战开始，丰子恺结集出版的画集、随笔、艺术理论和翻译作品，为数甚多，而且拥有广大的读者。他翻译了许多介绍西洋音乐的书，这一启蒙工作受到广大读者的欢迎。无论是他的音乐著作或美术著作，在当时对“五四”以来的新文化运动都起了一定的推动作用。

多年来，日本军国主义者明目张胆侵略中国。1936 年 6 月，“中国文艺家协会”宣布成立，并发表宣言。参加的人有丰子恺、朱自清、叶圣陶等 110 人。

10 月，作家巴金、林语堂、鲁迅、丰子恺等共21人，又发表了《文艺界同人为团结御侮与言论自由宣言》。《宣言》指出："在文学上，我们不强求其相同，但在抗日救国上，我们应团结一致以求行动之更有力。"

接着，1937年卢沟桥事变爆发。面对暴寇的侵略行径，丰子恺满腔愤懑，决定用自己的画笔来宣传抗日。他准备把日本侵华的无数事件用笔画出，编成一册，以最廉的售价广销各地，使略识文字的中国人都能了解，使未受教育的文盲也能看懂。不久，日本侵略军进攻上海，在金山卫登陆后，到处狂轰滥炸。11月6日，两架日机飞到石门湾上空，投下了12枚炸弹。其中一枚落在距缘缘堂门口五六丈处。当天傍晚，石门湾逃避一空。丰子恺的妹夫立即从南沈滨摇一只船出来，邀丰子恺一家老幼10人下乡暂避一时。从此，他开始了8年动乱的逃难生活。

他说："我虽未能真的投笔从戎，但我相信以笔代枪，凭我五寸不烂之笔，努力从事文化宣传，可使民众加深对暴寇之痛恨。"有一天，丰子恺在武昌乡间看见田野中有一棵大树，被人砍伐了大半，只剩下一根主干。这时正值春天，那主干上怒抽枝条，竟也长得枝叶茂盛。其中有的新枝条甚至超过其他大树的顶，仿佛是在为被砍去的“同根枝”争气复仇。他后来提笔把这情景画出来，象征中华民族，并题上自己所作的一首诗：“大树被斩伐，生机并不绝。春来怒抽条，气象何蓬勃！”

1938年春，丰子恺在汉口得到缘缘堂被毁的消息，这对他来说是巨大的打击。这时候，恰好桂林师范的校长唐现之来信聘请丰子恺去该校任教。丰子恺于是带着全家迁往桂林。后来，他又转往广西宜山浙江大学任教，并随校迁到贵州遵义。1942年，他搬到重庆郊区的沙坪坝，任国立艺术专科学校教授。沙坪小屋建成后，丰子恺便辞去教职，从此专以卖画写作为生。

抗战胜利次年，丰子恺搭轮船由长江而下，到南京改搭火车。丰子恺踏上阔别十年的上海时，说：“我从京沪火车跨到月台上的时候，第一脚特别踏着重些，好比同它握手。”

他去故乡石门湾凭吊。这个船舶麇集、商贾辐辏的热闹城镇，如今已经面目全非了。胜利还乡的喜悦心情终于渐渐地消失殆尽，他对当时的社会十分不满，深恶痛绝。他引用古人“恶岁诗人无好语”的话，声称自己“现在正是恶岁画家”，但又觉得这种触目惊心的画不宜多画，希望自己的笔“从人生转向自然”。1949 年大陆解放，丰子恺 52 岁了。此后他专事著译。他在 68 岁时，完成《护生画集》第五集。69 岁时，“文化大革命”开始了，那时他住在上海。大字报、逼供信、抄家、关“牛棚”、紧缩住房、下乡劳动、写不尽的检讨交代、批斗、挂牌、游街、克扣工资，丰子恺备受种种精神上的侮辱和肉体上的摧残。但他横下一条心，把坐“牛棚”看作参禅，把批斗看作演戏。夜晚过黄浦江去游斗，他说是“浦江夜游”；在“牛棚”中被叫去训话，他好像是去上一回厕所，回到“牛棚”照旧与画师们谈笑风生，或偷偷地作诗填词。到上海南郊劳动，冷天睡在铺稻草的泥地上，屋顶隙缝中飘下来的雪积在他枕边，七十多岁的老人早上还得亲自到河埠打水洗脸，但他风趣地说：“地当床，天当被，还有一河浜洗脸水，取之不尽，用之不竭，是造物者之无尽藏也。”

回到家里，不管白天发生过天大的事，也只是轻描淡写地叙述一遍，有时甚至避而不谈，只要一斤黄酒入肚，仍是吟诗诵词，谈笑自若。

然而，热爱这位老画家的作品的人，却时刻惴惴不安地关心着他的行踪、境况。当老画家奉命爬上竹梯去贴批判自己的“大批判专栏”时，围观的路人中有不少人暗自替这位老人担心。丰子恺虽然被批成“反革命黑画家”，实际上群众心底对他更加增添了仰慕之情。

1974 年，“四人帮”借批大儒为名，炮制所谓“黑画展”，丰子恺自然也不能幸免。《满山红叶女郎樵》这幅画原是画中国近代文学家苏曼殊的诗句，但画中有三片红叶落下，这不成了影射三面红旗落地吗?

做子女的因为关心父亲的安全，一次次地劝他以后留意些。丰子恺却还是我行我素。他给儿子新枚的信中写道：“……我的画都是毒草……然而世间有一种人视毒草为香花，世袭珍藏。对此种人，我还是乐意画给他们珍藏。古人云：‘文章千古事，得失寸心知。’画亦如此。”

1974年夏天，丰子恺的右手手指开始麻木，次年8月右手臂也逐渐不能动弹，这对辛勤笔耕了半个世纪以上的丰子恺来说，简直是极大的灾难。9月15日，一代艺术家丰子恺安详地阖上双眼，享年78岁。他没见到“四人帮”垮台，就在噩梦中与世长辞了。

不，他没有在梦中逝去。他醒了！1976年10月的鞭炮声把他唤醒了！这位艺术家一生的辛勤播种重新受到滋润和灌溉，在中国各地甚至海外发芽开花。作品就是他的生命，就是他的一切！他与读者同在。人们永远不会忘记他。正如他的老友叶圣陶在悼诗中所说：“潇洒风神永忆渠！”

猫

好日子里总有一只猫

猫

阿咪

阿咪者，小白猫也。十五年前我曾为大白猫“白象”写文。白象死后又曾养一黄猫，并未为它写文。最近来了这阿咪，似觉非写不可了。盖在黄猫时代我早有所感，想再度替猫写照。但念此种文章，无益于世道人心，不写也罢。黄猫短命而死之后，写文之念遂消。直至最近，友人送了我这阿咪，此念复萌，不可遏止。率尔命笔，也顾不得世道人心了。

阿咪之父是中国猫，之母是外国猫。故阿咪毛甚长，有似兔子。想是秉承母教之故，态度异常活泼，除睡觉外，竟无片刻静止。地上倘有一物，便是它的游戏伴侣，百玩不厌。人倘理睬它一下，它就用姿态动作代替言语，和你大打交道。此时你即使有要事在身，也只得暂时搁开，与它应酬一下；即使有懊恼在心，也自会忘怀一切，笑逐颜开。哭的孩子看见了阿咪，会破涕为笑呢。

我家平日只有四个大人和半个小孩。半个小孩者，便是我女儿的干女儿，住在隔壁，每星期三天宿在家里，四天宿在这里，但白天总是上学。因此，我家白昼往往岑寂，写作的埋头写作，做家务的专心家务，肃静无声，有时竟像修道院。自从来了阿咪，家中忽然热闹了。厨房里常有保姆的话声或骂声，其对象便是阿咪。室中常有陌生的笑谈声，是送信人或邮递员在欣赏阿咪。来客之中，送信人及邮递员最是枯燥，往往交了信件就走，绝少开口谈话。自从家里有了阿咪，这些客人亲昵得多了，常常因猫而问长问短，有说有笑，送出了信件还是流连不忍遽去。

访客之中，有的也很枯燥无味。他们是为公事或私事或礼貌而来的，谈话有的规矩严肃，有的啰苏疙瘩，有的虚空无聊，谈完了天气之后只得默守冷场。然而自从来了阿咪，我们的谈话有了插曲，有了调节，主客都舒畅了。有一个为正经而来的客人，正在侃侃而谈之时，看见阿咪姗姗而来，注意力便被吸引，不能再谈下去，甚至我问他也不回答了。又有一个客人向我叙述一件颇伤脑筋之事，谈话冗长曲折，连听者也很吃力。谈至中途，阿咪蹦跳而来，无端地仰卧在我面前了。这客人正在愤慨之际，忽然转怒为喜，停止发言，赞道："这猫很有趣！"便欣赏它，抚弄它，获得了片时的休息与调节。有一个客人带了个孩子来。我们谈话，孩子不感兴味，在旁枯坐。我家此时没有小主人可陪小客人，我正抱歉，忽然阿咪从沙发下钻出，抱住了我的脚。于是大小客人共同欣赏阿咪，三人就团结一气了。后来我应酬大客人，阿咪替我招待小客人，我这主人就放心了。原来小朋友最爱猫，和它厮伴半天，也不厌倦；甚至被它抓出了血也情愿。因为他们有一共通性：活泼好动。女孩子更喜欢猫，逗它玩它，抱它喂它，劳而不怨。因为她们也有个共通性：娇痴亲昵。

写到这里，我回想起已故的黄猫来了。这猫名叫“猫伯伯”。在我们故乡，伯伯不一定是尊称。我们称鬼为“鬼伯伯”，称贼为“贼伯伯”。故猫也不妨称为“猫伯伯”。大约对于特殊而引人注目的人物，都可讥讽地称之为伯伯。这猫的确是特殊而引人注目的。我的女儿最喜欢它。有时她正在写稿，忽然猫伯伯跳上书桌来，面对着她，端端正正地坐在稿纸上了。她不忍驱逐，就放下了笔，和它玩耍一会。有时它竟盘拢身体，就在稿纸上睡觉了，身体仿佛一堆牛粪，正好装满了一张稿纸。有一天，来了一位难得光临的贵客。我正襟危坐，专心应对。“久仰久仰”，“岂敢岂敢”，有似演剧。忽然猫伯伯跳上矮桌来，嗅嗅贵客的衣袖。我觉得太唐突，想赶走它。贵客却抚它的背，极口称赞：“这猫真好！”话头转向了猫，紧张的演剧就变成了和乐的闲谈。后来我把猫伯伯抱开，放在地上，希望它去了，好让我们演完这一幕。岂知过得不久，忽然猫伯伯跳到沙发背后，迅速地爬上贵客的背脊，端端正正地坐在他的后颈上了！这贵客身体魁梧奇伟，背脊颇有些驼，坐着喝茶时，猫伯伯看来是个小山坡，爬上去很不吃力。此时我但见贵客的天官赐福的面孔上方，露出一个威风凛凛的猫头，画出来真好看呢。我以主人口气呵斥猫伯伯的无礼，一面起身捉猫。但贵客摇手阻止，把头低下，使山坡平坦些，让猫伯伯坐得舒服。如此甚好，我也何必做杀风景的主人呢？于是主客关系亲密起来，交情深入了一步。

可知猫是男女老幼一切人民大家喜爱的动物。猫的可爱，可说是群众意见。而实际上，如上所述，猫的确能化岑寂为热闹，变枯燥为生趣，转懊恼为欢笑；能助人亲善，教人团结。即使不捕老鼠，也有功于人生。那么我今为猫写照，恐是未可厚非之事吧？猫伯伯行年四岁，短命而死。这阿咪青春尚只有三个月。希望它长寿健康，像我老家的老猫一样，活到十八岁。这老猫是我的父亲的爱物。父亲晚酌时，它总是端坐在酒壶边。父亲常常摘些豆腐干喂它。六十年前之事，今犹历历在目呢。

壬寅 [1962] 年仲夏于上海作

小母亲

姊妹

冬日可爱

煨芋如拳劝客尝

猫

白象

白象是我家的爱猫，本来是我的次女林先家的爱猫，再本来是段老太太家的爱猫。

抗战初，段老太太带了白象逃难到大后方。胜利后，又带了它复员到上海，与我的次女林先及吾婿宋慕法邻居。不知为了什么原因，段老太太把白象和它的独子小白象寄交林先、慕法家，变成了他们的爱猫。我到上海，林先、慕法又把白象寄交我，关在一只无锡面筋的笼里，上火车，带回杭州，住在西湖边上的小屋里，变成了我家的爱猫。

白象真是可爱的猫！不但为了它浑身雪白，伟大如象，又为了它的眼睛一黄一蓝，叫做“日月眼”。它从太阳光里走来的时候，瞳孔细得几乎没有，两眼竟像话剧舞台上所装置的两只光色不同的电灯，见者无不惊奇赞叹。收电灯费的人看见了它，几乎忘记拿钞票；查户口的警察看见了它，也暂时不查了。

白象到我家后，慕法、林先常写信来，说段老太太已迁居他处，但常常来他们家访问小白象，目的是探望白象的近况。我的幼女一吟，同情于段老太太的离愁，常常给白象拍照，寄交林先转交段老太太，以慰其相思。同时对于白象，更增爱护。每天一吟读书回家，或她的大姐陈宝教课回家，一坐倒，白象就跳到她们的膝上，老实不客气地睡了。她们不忍拒绝，就坐着不动，向人要茶，要水，要换鞋，要报看。有时工人不在身边，我同老婆就当听差，送茶，送水，送鞋，送报。我们是间接服侍白象。

有一天，白象不见了。我们侦骑四出，遍寻不得。正在担忧，它偕同一只斑花猫，悄悄地回来了，大家惊喜。女工秀英说，这是招贤寺里的雄猫，说过笑起来。经过一个短促的休止符，大家都笑起来。原来它是到和尚寺里去找恋人去了，害得我们急死。

此后斑花猫常来，它也常去，大家不以为奇。我觉得白象更可爱了。因为它不像鲁迅先生的猫，恋爱时在屋顶上怪声怪气，吵得他不能读书写稿，而用长竹竿来打。后来它的肚皮渐渐大起来了。约摸两三个月之后，它的肚皮大得特别，竟像一只白象了。我们用一只旧箱子，把盖拿去，作为它的产床。有一天，它临盆了，一胎五子，三只雪白的，两只斑花的。大家称庆，连忙叫男工樟鸿到岳坟去买新鲜鱼来给它调将。女孩子们天天冲克宁奶粉给它吃。

小猫日长夜大，二星期之后，都会爬动。白象育儿耐苦得很，日夜躺卧，让五个孩子纠缠。它的身体庞大，在五只小猫看来，好比一个丘陵。它们恣意爬上爬下，好像西湖上的游客爬孤山一样。这光景真是好看！

不料有一天，一只小花猫死了。我的幼儿新枚，哭了一场，拿一条美丽牌香烟的匣子，当做棺材，给它成殓，葬在西湖边的草地中。余下的四只，就特别爱惜。我家有七个孩子，三个在外，四个在杭州，他们就把四只小猫分领，各认一只。长女陈宝领了花猫，三女宁馨、幼女一吟、幼儿新枚，各领一只白猫。这就好比乡下人把孩子过房给庙里的菩萨一样，有了“保佑”“长命富贵”。大约因为他们不是菩萨，不能保佑；过一会，一只小白猫又死了。剩下三只，一花二白，都很健康，看看已能吃鱼吃饭，不必全靠吃奶了。白象的母氏劬劳，也渐渐减省。它不必日夜躺着喂奶，可以随时出去散步，或跳到女孩子们的膝上去睡觉了。女孩子们笑它：“做了母亲还要别人抱？”它不理，管自睡在人家怀里。

有一天，白象不回来吃中饭。“难道又到和尚寺里去找恋人了？”大家疑问。等到天黑，终于不回来。秀英当夜到寺里去寻，不见。明天，又不回来。问题严重起来。我就写二张海报：“寻猫：敝处走失日月眼大白猫一只。如有仁人君子觅得送还，奉酬法币[1]十万元。储款以待，决不食言。××路××号谨启。”过了两天，有邻人来言：“前几天看见一大白猫死在地藏庵与复性书院之间的水沼里，恐怕是你们的。”我们闻耗奔丧，找不到尸体。问地藏庵里的警察，也说不知；又说，大概清道夫取去了。我们回家，大家沉默志哀，接着就讨论它的死因。有的说是它自己失脚落水，有的说是顽童推它下水，莫衷一是。后来新枚来报告，邻家的孩子曾经看见一只大白猫死在水沼上的大柳树根上。后来被人踢到水沼里。孩子不会说诳，此说大约可靠。且我听说，猫不肯死在家里，自知临命终了，必远行至无人处，然后辞世。故此说更觉可靠。我觉得这点“猫性”，颇可赞美。这有壮士之风，不愿死尸牖下儿女之手中，而情愿战死沙场，马革裹尸。这又有高士风，不愿病死在床上，而情愿遁迹深山，不知所终。总之，白象确已不在“猫间”了！

白象失踪的第二天，林先从上海来杭。一到，先问白象。骤闻噩耗，惊慌失色。因为她原是受了段老太太之托，此番来杭将把白象带回上海，重归旧主的。相差一天，天缘何悭！然而天实为之，谓之何哉。所幸它还有三个遗孤，虽非日月眼，而壮健活泼，足以承继血统。为防损失，特把一匹小花猫寄交

(1)　1935 年至 1948 年间国民政府发行的货币。——编者注

我的好友家。其余两匹小白猫，常在我的身边。每逢我架起了脚看报或吃酒的时候，它们爬到我的两只脚上，一高一低，一动一静，别人看见了都要笑。我倒已经习以为常，似觉一坐下来，脚上天生成有两只小猫的。

一九四七年五月二十七日于杭州作

捷报

惊呼

张家长李家短

白发镊不尽 根在愁肠中

猫

贪污的猫

我家养了五只猫。除了一只白猫是已故的老白猫“白象”所生以外，其余四只都是别人送我们的。就因为我在《自由谈》上写了那篇悼白象的文章，读者以为我喜欢猫，便你一只、我一只地送来。其实我并不喜欢真猫，不过在画中喜欢画猫而已；喜欢猫的，倒是我的女孩子们。因为她们喜欢，就来者不拒，只只收养。客人偶然来访，看见这许多猫围着炭火炉睡觉、洗脸、捉尾巴、厮打、互相舐面孔，都说“好玩！”“有趣！”殊不知主人养这五只猫，麻烦透顶，讨气至极！客人们只在刹那间看到其光明的一面，而不知其平时的黑暗生活；好比只看见团体照相的冠冕堂皇，而不悉机关内容的腐败丑恶，自然交口赞誉。若知道了这群猫的生活的黑暗方面，包管你们没有一人肯收养的！原来它们讨气得很：贪嘴，偷食，而且把烂污撒在每人的床脚底下，竟是一群“贪污的猫”。

有一天，大司务[1]买菜回来，把菜篮向厨房的桌上一放，去解一个溲。回来时篮内一条大鳜鱼不翼而飞了。东寻西找，遍觅不得。忽听见后面篱笆内有猫吼声，原来五只猫躲在那里分赃，分得不均，正在那里吵架！大司务把每只猫打一顿，以示惩戒；然而赃物已大半被吞，狼藉满地，收不回来了。

后来又有一天，因为市上猫鱼常常缺乏，大司务一次买了一万元猫鱼来囤积。好在天冷，还不致变坏。他受了上次的教训，把囤积的猫鱼放在菜橱的最高层。这天晚上，厨房里“砰澎括拉”，闹个不休。大司务以为猫在捉老鼠，预备明天对猫明令嘉奖。岂知第二天早上起来一看，橱门已经洞开，囤积在上层的猫鱼被吃得精光，还把鱼骨头零零落落地掉在下层的菜碗里。大司务照例又把五只猫各打一顿，并且饿它们一天，以示惩戒。自今以后，橱门上加了锁，每晚锁好，以防贪污。

猫在一晚上吃了一万元猫鱼，隔夜饱了，次日白天，不吃无妨。但到了晚快[2]，隔夜吃的早已消化，肚子饿起来，就向大司务叫喊。大司务不但不喂，又给一顿打。诸猫无奈，就向食桌上转念头。这晚上正好有一尾大鱼。老妈子端齐了菜蔬碗，叫声大家吃饭，管自去了。偏偏这晚上大家事忙，各人躲在房

(1) 江浙一带的方言，即“大师傅”，此处指厨师。——编者注

(2) 意思是傍晚。——编者注

间里，工作放不下手，迟了一二分钟出来。一看，桌上有一只空盆，盆底上略有些汤。我以为今晚大司务做了一样别致的菜了。再看，桌上一道淋漓点滴的汤，和几个猫脚印。这正是猫的贪污的证据了，我连忙告发。大家到处通缉，迄无着落。后来听得厢房内有猫叫声，连忙打开电灯一看，五只猫麇集在客人床里吃一条大鱼，鱼头、鱼尾、鱼汤，点缀在刚从三友实业社出三十万元买来的白床毯上！这回大加惩罚：主母打一顿，老妈子和大司务又打一顿。打过之后，也不过大家警戒，以后有鱼，千万当心，谨防贪污。而这天的晚餐，大家没得鱼吃了。

以后，鱼的贪污，因为防范甚严，没有发生。岂知贪污不一定为鱼，凡有油水有腥气的东西，皆为猫所觊觎。昨天耶稣圣诞，有人送我一个花蛋糕，像帽笼这么一匣。客人在座，我先打开来鉴赏一下，赞美一下，但见花花绿绿的，甜香烘烘的，教人吞唾液。客人告辞，大家送出门去，道谢道别。不过一二分钟，回转来一看，五只猫围着蛋糕，有的正在舐食上面的糖花，有的咬了一口蛋糕，正在歪着头咀嚼。连忙大喊“打猫”，五猫纷纷跳下桌子，扬长而去。而蛋糕已被弄得一塌糊涂，不堪入目了。我们只得把五猫吃剩的蛋糕上面削去一层，把下面的大家分食了。下令通缉，诸猫均在逃，终无着落。

上面所举，只是著名的几件大案子。此外小小案件，不可胜计，我也懒得一一呈报了。更有可恶的，贪吃偷食之外，又要撒烂污在每人的床底下。就如昨夜，我睡在床里，闻得猫屎臭，又腥又酸的，令人作呕。只得冒了夜寒，披衣起床，用电筒检查。但见枕头底下的地上，赫然一堆猫屎！我房间中，本来早已戒严，无论昼夜不准贪污的猫入内。但是这些东西又小又滑，防不胜防。我们无法杜绝贪污，只得因循姑息下去。大小贪污案件，都只在发生的当初轰动一时，过后渐渐冷却，大家不提，就以不了了之。因此诸猫贪污如旧。

今天，我忽发心，要彻底查究猫的贪污，以根绝后患。我想，猫的贪污，定是由于没有吃饱之故；倘把只只猫喂饱，它们食欲满足，就各自去睡觉、洗脸、捉尾巴、厮打，或互相舐面孔，不致作恶为非了。于是我叫大司务来，问他“每日喂几顿？每顿多少分量？”大司务说：“每日规定三顿，每顿规定一千元猫鱼，拌一大碗饭。”我说：“猫有五只，这一点点怎么吃得饱呢？”大司务说：“它们倾轧得厉害。有时大猫把小猫挤开，先拣鱼来吃光，然后让小猫吃。有时小猫先落手为强，轮到大猫就没得吃。吃是的确吃不饱的。”我说：“为什么不多买点猫鱼，多拌点饭呢？”大司务说：“……”过了一会，又说，“太太规定如此的。”我说：“你去。”就去找太太，讨论猫的待遇问题。我说：“这许多猫，怎么每天只给一千元猫鱼呢？待遇这样薄，难怪它们要贪污了！”太太满不在乎地回答：“并没有薄，一向如此呀！”我说：“物价涨了呀！从前一千元猫鱼很多，现在一千元猫鱼只有一点点了！你这办法，正是教唆诸猫贪污！你想，它们吃不饱，只有东钻西钻，偷偷摸摸，狼狈为奸，集团贪污。照过去估计，猫的贪污，使我们损失很大！你贪小失大，不是办法。依我之见，不如从今大加调整。以物价指数为比例：米三十万元的时候每天给一千元猫鱼，如今米九十万了，应给三千元猫鱼。这样，它们只只吃饱，贪污事件自然减少起来。”太太起初不肯。后来我提及了三友实业社的三十万元的床毯被猫集团贪污而弄脏的事件，太太肉痛起来，就答允调整。立刻下手令给大司务，从明天起每日买三千元猫鱼。料想今后，我家猫的贪污案件，一定可以减少了。

一九四七年十二月二十六日于杭州

梁上燕　轻罗扇
好风又落桃花片

哀鸣

子规啼血四更时　起视蚕稠怕叶稀
不信楼头杨柳月　玉人歌舞未曾归

闲院桃花取次开　昨日踏青小约未应乖
嘱咐东邻女伴　少待莫相催
着得凤头鞋子即当来

织女明星来枕上　了知身不在人间

被弃的猫

月

月夜最宜食螃蟹

月

渐

使人生圆滑进行的微妙的要素，莫如“渐”；造物主骗人的手段，也莫如“渐”。在不知不觉之中，天真烂漫的孩子“渐渐”变成野心勃勃的青年；慷慨豪侠的青年“渐渐”变成冷酷的成人；血气旺盛的成人“渐渐”变成顽固的老头子。因为其变更是渐进的，一年一年地、一月一月地、一日一日地、一时一时地、一分一分地、一秒一秒地渐进，犹如从斜度极缓的长远的山坡上走下来，使人不察其递降的痕迹，不见其各阶段的境界，而似乎觉得常在同样的地位，恒久不变，又无时不有生的意趣与价值，于是人生就被确实肯定，而圆滑进行了。假使人生的进行不像山坡而像风琴的键板，由 do 忽然移到 re，即如昨夜的孩子今朝忽然变成青年；或者像旋律的“接离进行”地由 do 忽然跳到 mi，即如朝为青年而夕暮忽成老人，人一定要惊讶、感慨、悲伤，或痛感人生的无常，而不乐为人了。故可知人生是由“渐”维持的。这在女人恐怕尤为必要：歌剧中，舞台上的如花的少女，就是将来火炉旁边的老婆子，这句话，骤听使人不能相信，少女也不肯承认，实则现在的老婆子都是由如花的少女“渐渐”变成的。

人之能堪受境遇的变衰，也全靠这“渐”的助力。巨富的纨绔子弟因屡次破产而“渐渐”荡尽其家产，变为贫者；贫者只得做佣工，佣工往往变为奴隶，奴隶容易变为无赖，无赖与乞丐相去甚近，乞丐不妨做偷儿……这样的例子，在小说中，在实际上，均多得很。因为其变衰是延长为十年二十年而一步一步地“渐渐”地达到的，在本人不感到什么强烈的刺激。故虽到了饥寒病苦、刑笞交迫的地步，仍是熙熙然贪恋着目前的生的欢喜。假如一位千金之子忽然变了乞丐或偷儿，这人一定愤不欲生了。

这真是大自然的神秘的原则，造物主的微妙的功夫！阴阳潜移，春秋代序，以及物类的衰荣生杀，无不暗合于这法则。由萌芽的春“渐渐”变成绿荫的夏，由凋零的秋“渐渐”变成枯寂的冬。我们虽已经历数十寒暑，但在围炉拥衾的冬夜仍是难于想象饮冰挥扇的夏日的心情；反之亦然。然而由冬一天一天地、一时一时地、一分一分地、一秒一秒地移向夏，由夏一天一天地、一时一时地、一分一分地、一秒一秒地移向冬，其间实在没有显著的痕迹可寻。昼夜也是如此：傍晚坐在窗下看书，书页上“渐渐”地黑起来，倘不断地看下去（目力能因了光的渐弱而渐渐加强），几乎永远可以认识书页上的字迹，即不觉昼之已变为夜。黎明凭窗，不瞬目地注视东天，也不辨自夜向昼的推移的痕迹。儿女渐渐长大起来，在朝夕相见的父母全不觉得，难得见面的远亲就相见不相识了。往年除夕，我们曾在红蜡烛底下守候水仙花的开放，真是痴态！倘水仙花果真当面开放给我们看，便是大自然的原则的破坏，宇宙的根本的摇动，世界人类的末日临到了！

“渐”的作用，就是用每步相差极微极缓的方法来隐蔽时间的过去与事物的变迁的痕迹，使人误认其为恒久不变。这真是造物主骗人的一大诡计！这有一件比喻的故事：某农夫每天朝晨抱了犊而跳过一沟，到田里去工作，夕暮又抱了它跳过沟回家。每日如此，未尝间断。过了一年，犊已渐大，渐重，差不多变成大牛，但农夫全不觉得，仍是抱了它跳沟。有一天他因事停止工作，次日再就不能抱了这牛而跳沟了。造物的骗人，使人流连于其每日每时的生的欢喜而不觉其变迁与辛苦，就是用这个方法的。人们每日在抱了日重一日的牛而跳沟，不准停止。自己误以为是不变的，其实每日在增加其苦劳！

我觉得时辰钟是人生的最好的象征了。时辰钟的针，平常一看总觉得是“不动”的；其实人造物中最常动的无过于时辰钟的针了。日常生活中的人生也如此，刻刻觉得我是我，似乎这“我”永远不变，实则与时辰钟的针一样的无常！一息尚存，总觉得我仍是我，我没有变，还是流连着我的生，可怜受尽“渐”的欺骗！

“渐”的本质是“时间”。时间我觉得比空间更为不可思议，犹之时间艺术的音乐比空间艺术的绘画更为神秘。因为空间姑且不追究它如何广大或无限，我们总可以把握其一端，认定其一点。时间则全然无从把握，不可挽留，只有过去与未来在渺茫之中不绝地相追逐而已。性质上既已渺茫不可思议，分量上在人生也似乎太多。因为一般人对于时间的悟性，似乎只够支配搭船乘车的短时间；对于百年的长期间的寿命，他们不能胜任，往往迷于局部而不能顾及全体。试看乘火车的旅客中，常有明达的人，有的宁牺牲暂时的安乐而让其座位于老弱者，以求心的太平（或博暂时的美誉）；有的见众人争先下车，而退在后面，或高呼“勿要轧，总有得下去的！”“大家都要下去的！”然而在乘“社会”或“世界”的大火车的“人生”的长期的旅客中，就少有这样的明达之人。所以我觉得百年的寿命，定得太长。像现在的世界上的人，倘定他们搭船乘车的期间的寿命，也许在人类社会上可减少许多凶险残惨的争斗，而与火车中一样的谦让、和平，也未可知。

然人类中也有几个能胜任百年的或千古的寿命的人。那是

“大人格”“大人生”。他们能不为“渐”所迷，不为造物所欺，而收缩无限的时间并空间于方寸的心中。故佛家能纳须弥于芥子。中国古诗人（白居易）说：“蜗牛角上争何事？石火光中寄此身。”英国诗人（Blake[1]）也说：“一粒沙里见世界，一朵花里见天国；手掌里盛住无限，一刹那便是永劫。”

一九二八年芒种

(1) 指威廉·布莱克 (William Blake)，英国的浪漫主义诗人、版画家。——编者注

嘹亮一声山月高

人散后　一钩新月天如水

月

忆儿时

一

我回忆儿时，有三件不能忘却的事。

第一件是养蚕。那是我五六岁时、我的祖母在日[1]的事。我的祖母是一个豪爽而善于享乐的人，良辰佳节不肯轻轻放过。养蚕也每年大规模地举行。其实，我长大后才晓得，祖母的养蚕并非专为图利，叶贵的年头常要蚀本，然而她喜欢这暮春的点缀，故每年大规模地举行。我所喜欢的，最初是蚕落地铺。那时我们的三开间的厅上、地上统是蚕，架着经纬的跳板，以便通行及饲叶。蒋五伯挑了担到地里去采叶，我与诸姐跟了去，去吃桑葚。蚕落地铺的时候，桑葚已很紫很甜了，比杨梅好吃

(1) 指在世之日。——编者注

得多。我们吃饱之后，又用一张大叶做一只碗，采了一碗桑葚，跟了蒋五伯回来。蒋五伯饲蚕，我就可以走跳板为戏乐，常常失足翻落地铺里，压死许多蚕宝宝，祖母忙喊蒋五伯抱我起来，不许我再走。然而这满屋的跳板，像棋盘街一样，又很低，走起来一点也不怕，真是有趣。这真是一年一度的难得的乐事！所以虽然祖母禁止，我总是每天要去走。

蚕上山之后，全家静静守护，那时不许小孩子们吵了，我暂时感到沉闷。然而过了几天，采茧、做丝，热闹的空气又浓起来了。我们每年照例请牛桥头的七娘娘来做丝。蒋五伯每天买枇杷和软糕来给采茧、做丝、烧火的人吃。大家认为现在是辛苦而有希望的时候，应该享受这点心，都不客气地取食，我也无功受禄地天天吃多量的枇杷与软糕，这又是乐事。

七娘娘做丝休息的时候，捧了水烟筒，伸出她左手上的短少半段的小指给我看，对我说：做丝的时候，丝车后面，是万万不可走近的。她的小指，便是小时候不留心被丝车轴棒轧脱的。她又说："小囝囝不可走近丝车后面去，只管坐在我身旁，吃枇杷，吃软糕。还有做丝做出来的蚕蛹，叫妈妈油炒一炒，真好吃哩！"然而我始终不要吃蚕蛹，大概是我爸爸和诸姊都不要吃的原故。我所乐的，只是那时候家里的非常的空气。日常固定不动的堂窗、长台、八仙椅子，都收拾去，而变成不常见的丝车、匾、缸。又不断地公然地可以吃小食。

丝做好后，蒋五伯口中唱着“要吃枇杷，来年蚕罢”，收拾丝车，恢复一切陈设。我感到一种兴尽的寂寥。然而对于这种变换，倒也觉得新奇而有趣。

现在我回忆这儿时的事，常常使我神往！祖母、蒋五伯、七娘娘和诸姐都像童话里、戏剧里的人物了。且在我看来，他们当时这剧的主人公便是我。何等甜美的回忆！只是这剧的题材，现在我仔细想想觉得不好：养蚕做丝，在生计上原是幸福的，然其本身是数万的生灵的杀虐！《西青散记》里面有两句仙人的诗句：“自织藕丝衫子嫩，可怜辛苦赦春蚕。”安得人间也发明织藕丝的丝车，而尽赦天下的春蚕的性命！

我七岁上祖母死了，我家不复养蚕。不久，父亲与诸姊弟相继死亡，家道衰弱了，我的幸福的儿时也过去了。因此这回忆一面使我永远神往，一面又使我永远忏悔。

二

第二件不能忘却的事，是父亲的中秋赏月，而赏月之乐的中心，在于吃蟹。

我的父亲中了举人之后，科举就废，他无事在家，每天吃酒，看书。他不要吃羊、牛、猪肉，而喜欢吃鱼、虾之类。而对于蟹，尤其喜欢。自七八月起直到冬天，父亲平日的晚酌规定吃一只蟹，一碗隔壁豆腐店里买来的开锅热豆腐干。他的晚酌，时间总在黄昏。八仙桌上一盏洋油灯，一把紫砂酒壶，一只盛热豆腐干的碎瓷盖碗，一把水烟筒，一本书，桌子角上一只端坐的老猫，我脑中这印象非常深刻，到现在还可以清楚地浮现出来。我在旁边看，有时他给我一只蟹脚或半块豆腐干。然我喜欢蟹脚。蟹的味道真好，我们五个姊妹兄弟，都喜欢吃，也是为了父亲喜欢吃的原故。只有母亲与我们相反，喜欢吃肉，而不喜欢又不会吃蟹，吃的时候常常被蟹螯上的刺刺开手指，出血；而且抉剔得很不干净，父亲常常说她是外行。父亲说：吃蟹是风雅的事，吃法也要内行才懂得。先折蟹脚，后开蟹斗……脚上的拳头（即关节）里的肉怎样可以吃干净，脐里的肉怎样可以剔出……脚爪可以当做剔肉的针……蟹螯上的骨头可以拼成一只很好看的蝴蝶……父亲吃蟹真是内行，吃得非常干净。所以陈妈妈说："老爷吃下来的蟹壳，真是蟹壳。"

蟹的储藏所，就在开井角落里的缸里，经常总养着十来只。到了七夕、七月半、中秋、重阳等节候上，缸里的蟹就满了，那时我们都有得吃，而且每人得吃一大只，或一只半。尤其是中秋一天，兴致更浓。在深黄昏，移桌子到隔壁的白场[1]上的月光下面去吃。更深人静，明月底下只有我们一家的人，恰好围成一桌，此外只有一个供差使的红英坐在旁边。大家谈笑，看

(1) 浙江嘉兴一带方言，意为场地。——编者注

月亮，他们——父亲和诸姊——直到月落时光，我则半途睡去，与父亲和诸姊不分而散。

这原是为了父亲嗜蟹，以吃蟹为中心而举行的。故这种夜宴，不仅限于中秋，有蟹的节季里的月夜，无端也要举行数次。不过不是良辰佳节，我们少吃一点。有时两人分吃一只。我们都学父亲，剥得很精细，剥出来的肉不是立刻吃的，都积受在蟹斗里，剥完之后，放一点姜醋，拌一拌，就作为下饭的菜，此外没有别的菜了。因为父亲吃菜是很省的，而且他说蟹是至味，吃蟹时混吃别的菜肴，是乏味的。我们也学他，半蟹斗的蟹肉，过两碗饭还有余，就可得父亲的称赞，又可以白口吃下余多的蟹肉，所以大家都勉力节省。现在回想那时候，半条蟹腿肉要过两大口饭，这滋味真好！自父亲死了以后，我不曾再尝这种好滋味。现在，我已经自己做父亲，况且已经茹素，当然永远不会再尝这滋味了。唉！儿时欢乐，何等使我神往！

然而这一剧的题材，仍是生灵的杀虐！因此这回忆一面使我永远神往，一面又使我永远忏悔。

三

第三件不能忘却的事，是与隔壁豆腐店里的王囡囡的交游，而这交游的中心，在于钓鱼。

那是我十二三岁时的事，隔壁豆腐店里的王囡囡是当时我的小伴侣中的大阿哥。他是独子，他的母亲、祖母和大伯都很疼爱他，给他许多的钱和玩具，而且每天放任他在外游玩。他家与我家贴邻而居。我家的人们每天赴市，必须经过他家的豆腐店的门口，两家的人们朝夕相见，互相来往。小孩子们也朝夕相见，互相来往。此外他家对于我家似乎还有一种邻人以上的深切的交谊，故他家的人对于我特别要好，他的祖母常常拿自产的豆腐干、豆腐衣等来送给我父亲下酒。同时在小侣伴中，王囡囡也特别和我要好。他的年纪比我大，气力比我好，生活比我丰富，我们一道游玩的时候，他时时引导我、照顾我，犹似长兄对于幼弟。我们有时就在我家的染坊店里的榻上玩耍，有时相偕出游。他的祖母每次看见我俩一同玩耍，必叮嘱囡囡好好看待我，勿要相骂。我听人说，他家似乎曾经患难，而我父亲曾经帮他们忙，所以他家大人们吩咐王囡囡照应我。

我起初不会钓鱼，是王囡囡教我的。他叫他大伯买两副钓竿，一副送我，一副他自己用。他到米桶里去捉许多米虫，浸在盛水的罐头里，领了我到木场桥去钓鱼。他教给我看，先捉起一个米虫来，把钓钩由虫尾穿进，直穿到头部。然后放下水去。他又说：“浮珠一动，你要立刻拉，那么钩子钩住鱼的颚，鱼就逃不脱。”我照他所教的试验，果然第一天钓了十几头白条，然而都是他帮我拉钓竿的。

第二天，他手里拿了半罐头扑杀的苍蝇，又来约我去钓鱼。途中他对我说：“不一定是米虫，用苍蝇钓鱼更好。鱼喜欢吃苍蝇！”这一天我们钓了一小桶各种的鱼。回家的时候，他把鱼桶送到我家里，说他不要。我母亲就叫红英去煎一煎，给我下晚饭。

自此以后，我只管欢喜钓鱼。不一定要王囡囡陪去，自己一人也去钓，又学得了掘蚯蚓来钓鱼的方法。而且钓来的鱼，不仅够自己下晚饭，还可送给店里的人吃，或给猫吃。我记得这时候我的热心钓鱼，不仅出于游戏欲，又有几分功利的兴味在内。有三四个夏季，我热心于钓鱼，给母亲省了不少的菜蔬钱。

后来我长大了，赴他乡入学，不复有钓鱼的工夫。但在书中常常读到赞咏钓鱼的文句，例如什么“独钓寒江雪”，什么“渔樵度此身”，才知道钓鱼原来是很风雅的事。后来又晓得所谓“游钓之地”的美名称，是形容人的故乡的。我大受其煽惑，为之大发牢骚：我想“钓鱼确是雅的，我的故乡，确是我的游钓之地，确是可怀的故乡”。但是现在想想，不幸而这题材也是生灵的杀虐！

我的黄金时代很短，可怀念的又只有这三件事。不幸而都是杀生取乐，都使我永远忏悔。

一九二七年梅雨时节

儿童饱饭黄昏后　短笛横吹唤不归

月

闲居

闲居，在生活上人都说是不幸的，但在情趣上我觉得是最快适的了。假如国民政府新定一条法律："闲居必须整天禁锢在自己的房间里"，我也不愿出去干事，宁可闲居而被禁锢。

在房间里很可以自由取乐；如果把房间当做一幅画看的时候，其布置就如画的"置陈"了。譬如书房，主人的座位为全局的主眼，犹之一幅画中的 middle point（中心点），须居全幅中最重要的地位。其他自书架、几、椅、藤床、火炉、壁饰、自鸣钟，以至痰盂、纸簏等，各以主眼为中心而布置，使全局的焦点集中于主人的座位，犹之画中的附属物、背景，均须有护卫主物，显衬主物的作用。这样妥帖之后，人在里面，精神自然安定、集中，而快适。这是谁都懂得，谁都可以自由取乐的事。虽然有的人不讲究自己的房间的布置，然走进一间布置很妥帖的房间，一定谁也觉得快适。这可见人都会鉴赏，鉴赏就是被动的创作，故可说这是谁也懂得，谁也可以自由取乐的事。

我在贫乏而粗末[1]的自己的书房里，常常欢喜做这个玩意儿。把几件粗陋的家具搬来搬去，一月中总要搬数回。搬到痰盂不能移动一寸，脸盆架子不能旋转一度的时候，便有很妥帖的位置出现了。那时候我自己坐在主眼的座上，环视上下四周，君临一切。觉得一切都朝宗于我，一切都为我尽其职司，如百官之朝天，众星之拱北辰。就是墙上一只很小的钉，望去也似乎居相当的位置，对全体为有机的一员，对我尽专任的职司。我统御这个天下，想象南面王的气概，得到几天的快适。

有一次我闲居在自己的房间里，曾经对自鸣钟寻了一回开心。自鸣钟这个东西，在都会里差不多可说是无处不有、无人不备的了。然而它这张脸皮，我看惯了真讨厌得很。罗马字的还算好看；我房间里的一只，又是粗大的数学码子的。数学的九个字，我见了最头痛，谁愿意每天做数学呢！有一天，大概是闲日月中的闲日，我就从墙壁上请它下来，拿油画颜料把它的脸皮涂成天蓝色，在上面画几根绿的杨柳枝，又用硬的黑纸剪成两只飞燕，用糨糊黏住在两只针的尖头上。这样一来，就

(1) 日语词，意为粗陋、不精致。——编者注

变成了两只燕子飞逐在杨柳中间的一幅圆额的油画了。凡在三点二十几分、八点三十几分等时候，画的构图就非常妥帖，因为两只飞燕适在全幅中稍偏的位置，而且追随在一块，画面就保住均衡了。辨识时间，没有数目字也是很容易的：针向上垂直为十二时，向下垂直为六时，向左水平为九时，向右水平为三时。这就是把圆周分为四个 quarter[一刻钟]，是肉眼也很容易办到的事。一个 quarter 里面平分为三格，就得长针五分钟的距离了，虽不十分容易正确，然相差至多不过一两分钟，只要不是天文台、电报局或火车站里，人家家里上下一两分钟本来是不要紧的。倘眼睛锐利一点，看惯之后，其实半分钟也是可以分明辨出的。这自鸣钟现在还挂在我的房间里，虽然惯用之后不甚新颖了，然终不觉得讨厌，因为它在壁上不是显明的实用的一只自鸣钟，而可以冒充一幅油画。

除了空间以外，闲居的时候我又欢喜把一天的生活的情调来比方音乐。如果把一天的生活当做一个乐曲，其经过就像乐章（movement）的移行了。一天的早晨，晴雨如何？冷暖如何？人事的情形如何？犹之第一乐章的开始，先已奏出全曲的根柢的“主题”（theme）。一天的生活，例如事务的纷忙，意外的发生，祸福的临门，犹如曲中的长音阶[大音阶]变为短音阶[小音阶]，C 调变为 F 调，adagio[柔板]变为 allegro[快板]，其或昼永人闲，平安无事，那就像始终 C 调的 andante[行板]

的长大的乐章了。以气候而论，春日是孟檀尔伸 [门德尔松]（Mendelssohn），夏日是裴德芬 [贝多芬]（Beethoven），秋日是晓邦 [肖邦]（Chopin）、修芒 [舒曼]（Schumann），冬日是修斐尔德 [舒伯特]（Schubert）。这也是谁也可以感到，谁也可以懂得的事。试看无论什么机关里、团体里，做无论什么事务的人，在阴雨的天气，办事一定不及在晴天的起劲、高兴、积极。如果有不论天气，天天照常办事的人，这一定不是人，是一架机器。只要看挑到我们后门头来卖臭豆腐干的江北人，近来秋雨连日，他的叫声自然懒洋洋地低钝起来，远不如一月以前的炎阳下的“臭豆腐干！”的热辣了。

月

随感十三则

一

花台里生出三枝扁豆秧来。我把它们移种到一块空地上，并且用竹竿搭一个棚，以扶植它们。每天清晨为它们整理枝叶，看它们欣欣向荣，自然发生一种兴味。

那蔓好像一个触手，具有可惊的攀缘力。但究竟因为不生眼睛，只管盲目地向上发展，有时会钻进竹竿的裂缝里，回不出来，看了令人发笑。有时一根长条独自脱离了棚，颤袅地向空中伸展，好像一个摸不着壁的盲子，看了又很可怜。这等时候便需我去扶助。扶助了一个月之后，满棚枝叶婆娑，棚下已堪纳凉闲话了。

有一天清晨，我发现豆棚上忽然有了大批的枯叶和许多软垂的蔓，惊奇得很。仔细检查，原来近地面处一支总干，被不知什么东西伤害了。未曾全断，但不绝如缕。根上的养分通不上去，凡属这总干的枝叶就全部枯萎，眼见得这一族快灭亡了。

这状态非常凄惨，使我联想起世间种种的不幸。

二

有一种椅子，使我不易忘记：那坐的地方，雕着一只屁股的模子，中间还有一条凸起，坐时可把屁股精密地装进模子中，好像浇塑石膏模型一般。

大抵中国式的器物，以形式为主，而用身体去迁就形式。故椅子的靠背与坐板成九十度角，衣服的袖子长过手指。西洋式的器物，则以身体的实用为主，形式即由实用产生。故缝西装须量身体，剪刀柄上的两个洞，也完全依照手指的横断面的形状而制造。那种有屁股模子的椅子，显然是西洋风的产物。

但这已走到西洋风的极端，而且过分了。凡物过分必有流弊。像这种椅子，究竟不合实用，又不雅观。我每次看见，常误认它为一种刑具。

三

散步中，在静僻的路旁的杂草间拾得一个很大的钥匙。制造非常精致而坚牢，似是巩固的大洋箱上的原配。不知从何人的手中因何缘而落在这杂草中的？我未被“路不拾遗”之化，又不耐坐在路旁等候失主的来寻；但也不愿把这个东西藏进自己的袋里去，就擎在手中走路，好像采得了一朵野花。

我因此想起《水浒》中五台山上挑酒担者所唱的歌：“九里山前作战场，牧童拾得旧刀枪……”这两句怪有意味。假如我做了那个牧童，拾得旧刀枪时定有无限的感慨：不知那刀枪的柄曾经受过谁人的驱使？那刀枪的尖曾经吃过谁人的血肉？又不知在它们的活动之下，曾经害死了多少人之性命。

也许我现在就同“牧童拾得旧刀枪”一样。在这个大钥匙塞在大洋箱键孔中时的活动之下，也曾经害死过不少人的性命，亦未可知。

四

发开十年前堆塞着的一箱旧物来，一一检视，每一件东西都告诉我一段旧事。我仿佛看了一幕自己为主角的影戏。

结果从这里面取出一把油画用的调色板刀，把其余的照旧封闭了，塞在床底下。但我取出这调色板刀，并非想描油画，是利用它来切芋艿、削萝卜吃。

这原是十余年前我在东京的旧货摊上买来的。它也许曾经跟随名贵的画家，指挥高价的油画颜料，制作出[1]帝展一等奖的作

(1) 近代有不用笔而用刀来描画的画风，故云。——作者原注

品来博得沸腾的荣誉。现在叫它切芋艿、削萝卜，真是委屈了它。但芋艿、萝卜中所含的人生的滋味，也许比油画中更为丰富，让它尝尝吧。

五

十余年前有一个时期流行用紫色的水写字。买三五个铜板洋青莲，可泡一大瓶紫水，随时注入墨匣，有好久可用。我也用过一会，觉得这固然比磨墨简便。但我用了不久就不用，我嫌它颜色不好，看久了令人厌倦。

后来大家渐渐不用，不久此风便息。用不厌的，毕竟只有黑和蓝两色：东洋人写字用黑。黑由红黄蓝三原色等量混和而成，三原色具足时，使人起安定圆满之感。因为世间一切色彩皆由三原色产生，故黑色中包含着世间一切色彩了。西洋人写字用蓝，蓝色在三原色中为寒色，少刺激而沉静，最可亲近。故用以写字，使人看了也不会厌倦。

紫色为红蓝两色合成。三原色既不具足，而性又刺激，宜其不堪常用。但这正是提倡白话文的初期，紫色是一种蓬勃的象征，并非偶然的。

六

孩子们对于生活的兴味都浓。而这个孩子特甚。

当他热衷于一种游戏的时候，吃饭要叫到五六遍才来，吃了两三口就走，游戏中不得已出去小便，常常先放了半场，勒住裤腰，走回来参加一歇游戏，再去放出后半场。看书发现一个疑问，立刻捧了书来找我，茅坑间里也会找寻过来。得了解答，拔脚便走，常常把一只拖鞋遗剩在我面前的地上而去。直到划袜走了七八步方才觉察，独脚跳回来取鞋。他有几个星期热衷于搭火车，几个星期热衷于着象棋，又有几个星期热衷于查《王云五大词典》，现在正热衷于捉蟋蟀。但凡事兴味一过，便置之不问。无可热衷的时候，镇日没精打采，度日如年，口里叫着“饿来！饿来！”其实他并不想吃东西。

七

有一回我画一个人牵两只羊，画了两根绳子。有一位先生教我：“绳子只要画一根。牵了一只羊，后面的都会跟来。”我恍悟自己阅历太少。后来留心观察，看见果然：前头牵了一只羊走，后面数十只羊都会跟去。无论走向屠场，没有一只羊肯离群众而另觅生路的。

后来看见鸭也如此。赶鸭的人把数百只鸭放在河里，不须用绳子系住，群鸭自能互相追随，聚在一块。上岸的时候，赶鸭的人只要赶上一二只，其余的都会跟了上岸。无论在四通八达的港口，没有一只鸭肯离群众而走自己的路的。

牧羊的和赶鸭的就利用它们这模仿性，以完成他们自己的事业。

八

每逢赎得一剂中国药来，小孩们必然聚拢来看拆药。每逢打开一小包，他们必然惊奇叫喊。有时一齐叫道："啊！一包瓜子！"有时大家笑起来："哈哈！四只骰子！"有时惊奇得很："咦！这是洋团团的头发呢？"又有时吓了一跳："啊唷！许多老蝉！"……病人听了这种叫声，可以转颦为笑。自笑为什么生了病要吃瓜子、骰子、洋囡囡的头发或老蝉呢？看药方也是病中的一种消遣。药方前面的脉理大都乏味；后面的药名却怪有趣。这回我所服的，有一种叫做"知母"，有一种叫做"女贞"，名称都很别致。还有"银花""野蔷薇"，好像新出版的书的名目。

吃外国药没有这种趣味。中国数千年来为世界神秘风雅之国，这特色在一剂药里也很显明地表示着，来华考察的外国人，应该多吃几剂中国药回去。

九

《项脊轩志》里归熙甫描写自己闭户读书之久，说"能以足音辨人"。我近来卧病之久，也能以足音辨人。房门外就是扶梯，人在扶梯上走上走下，我不但能辨别各人的足音，又能在一人的足音中辨别其所为何来。“这回是徐妈送药来了？”果然。“这回是五官送报纸来了？”果然。

记得从前寓居在嘉兴时，大门终日关闭。房屋进深，敲门不易听见，故在门上装一铃索。来客拉索，里面的铃响了，人便出来开门。但来客极稀，总是这几个人，我听惯了，也能以铃声辨人。有时一种顽童或闲人经过门口，由于手痒或奇妙的心理，无端把铃索拉几下就逃，开门的人白跑了好几回；但以后不再上当了。因为我能辨别他们的铃声中含有仓皇的音调，便置之不理了。

十

盛夏的某晚，天气大热，而且奇闷。院子里纳凉的人，每人隔开数丈，默默地坐着摇扇。除了扇子的微音和偶发的呻吟声以外，没有别的声响。大家被炎威压迫得动弹不得，而且不知所云了。

这沉闷的静默继续了约半小时之久。墙外的弄里一个嘹亮清脆而有力的叫声，忽然来打破这静默：

“今夜好热！啊咦——好热！”

院子里的人不期地跟着他叫：“好热！”接着便有人起来行动，或者起立，或者欠伸，似乎大家出了一口气。炎威也似乎被这喊声喝退了些。

十一

尊客降临，我陪他们吃饭往往失礼。有的尊客吃起饭来慢得很：一粒一粒地数进口去。我则吃两碗饭只消五六分钟，不能奉陪。

我吃饭快速的习惯，是小时在寄宿学校里养成的。那校中功课很忙，饭后的时间要练习弹琴。我每餐连盥洗只限十分钟了事，养成了习惯。现在我早已出学校，可以无须如此了，但这习惯仍是不改。我常自比于牛的反刍：牛在山野中自由觅食，防猛兽迫害，先把草囫囵吞入胃中，回洞后再吐出来细细嚼食，养成了习惯。现在牛已被人关在家里喂养，可以无须如此了，但这习惯仍是不改。

据我推想，牛也许是恋慕着野生时代在山中的自由，所以不肯改去它的习惯的。

十二

新点着一支香烟，吸了三四口，拿到痰盂上去敲烟灰。敲得重了些，雪白而长长的一支大美丽香烟翻落在痰盂中，“吱”地一声叫，溺死在污水里了。

我向痰盂怅望，嗟叹了两声，似有“一失足成千古恨”之感。我觉得这比丢弃两个铜板肉痛得多。因为香烟经过人工的制造，且直接有惠于我的生活。故我对于这东西本身自有感情，与价钱无关。两角钱可买二十包火柴。照理，丢掉两角钱同焚去二十包火柴一样。但丢掉两角钱不足深惜，而焚去二十包火柴人都不忍心做。做了即使别人不说暴殄天物，自己也对不起火柴。

十三

一位开羊行的朋友为我谈羊的话。据说他们行里有一只不杀的老羊，为它颇有功劳：他们在乡下收罗了一群羊，要装进船里，运往上海去屠杀的时候，群羊往往不肯走上船去。他们便牵这老羊出来。老羊向群羊叫了几声，奋勇地走到河岸上，蹲身一跳，首先跳入船中。群羊看见老羊上船了，便大家模仿起来，争先恐后地跳进船里去。等到一群羊全部上船之后，他们便把老羊牵上岸来，仍旧送回棚里。每次装羊，必须央这老羊引导。老羊因有这点功劳，得保全自己的性命。

我想，这不杀的老羊，原来是该死的“羊奸”。

一九三三年九月

酒

三杯不记主人谁

酒

湖畔夜饮

前天晚上，四位来西湖游春的朋友，在我的湖畔小屋里饮酒。酒阑人散，皓月当空，湖水如镜，花影满堤。我送客出门，舍不得这湖上的春月，也向湖畔散步去了。柳荫下一条石凳，空着等我去坐。我就坐了，想起小时在学校里唱的春月歌："春夜有明月，都作欢喜相。每当灯火中，团团清辉上。人月交相庆，花月并生光。有酒不得饮，举杯献高堂。"觉得这歌词，温柔敦厚，可爱得很！又念现在的小学生，唱的歌粗浅俚鄙，没有福分唱这样的好歌，可惜得很！回味那歌的最后两句，觉得我高堂俱亡，虽有美酒，无处可献，又感伤得很！三个"得很"，逼得我立起身来，缓步回家。不然，恐怕把老泪掉在湖堤上，要被月魄花灵所笑了。

回进家门，家中人说，我送客出门之后，有一上海客人来访，其人名叫 CT[1]，住在葛岭饭店。家中人告诉他，我在湖畔看月，他就向湖畔去找我了。这是半小时以前的事，此刻时钟已指十时半。我想，CT 找我不到，一定已经回旅馆去歇息了。当夜我就不去找他，管自睡觉了。第二天早晨，我到葛岭饭店去找他，他已经出门，茶役正在打扫他的房间。我留了一张名片，请他正午或晚上来我家共饮。正午，他没有来。晚上，他又没有来。料想他这上海人难得到杭州来，一见西湖，就整日寻花问柳，不回旅馆，没有看见我留在旅馆里的名片，我就独酌，照例倾尽一斤。

黄昏八点钟，我正在酩酊之余，CT 来了。阔别十年，身经浩劫，他反而胖了，反而年轻了。他说我也还是老样子，不过头发白些。“十年离乱后，长大一相逢。问姓惊初见，称名忆旧容。”这诗句虽好，我们可以不唱，略略几句寒暄之后，我问他吃夜饭没有。他说，他是在湖滨吃了夜饭——也饮一斤酒——不回旅馆，一直来看我的。我留在他旅馆里的名片，他根本没有看到。我肚里的一斤酒，在这位青年时代共我在上海豪饮的老朋友面前，立刻消解得干干净净，清清醒醒。我说：“我们再吃酒！”他说：“好，不要什么菜蔬。”窗外有些微雨，月色朦胧，西湖不像昨夜的开颜发艳，却另有一种轻颦浅笑、温润静穆的姿态。昨

(1) 指郑振铎。——编者注

夜宜于到湖边步月，今夜宜于在灯前和老友共饮。“夜雨剪春韭”，多么动人的诗句！可惜我没有家园，不曾种韭。即使我有园种韭，这晚上我也不想去剪来和 CT 下酒。因为实际的韭菜，远不及诗中的韭菜的好吃。照诗句实行，是多么愚笨的事呀！

女仆端了一壶酒和四只盆子出来，酱鸭、酱肉、皮蛋和花生米，放在收音机旁的方桌上。我和 CT 就对坐饮酒。收音机上面的墙上，正好贴着一首我写的数学家苏步青的诗：“草草杯盘共一欢，莫因柴米话辛酸。春风已绿门前草，且耐余寒放眼看。”有了这诗，酒味特别的好。我觉得世间最好的酒肴，莫如诗句。而数学家的诗句，滋味尤为纯正。因为我又觉得，别的事都可有专家，而诗不可有专家。因为作诗就是做人。人做得好的，诗也作得好。倘说作诗有专家，非专家不能作诗，就好比说做人有专家，非专家不能做人，岂不可笑？因此，有些“专家”的诗，我不爱读。因为他们往往爱用古典，蹈袭传统；咬文嚼字，卖弄玄虚；扭扭捏捏，装腔作势；甚至神经过敏，出神见鬼。而非专家的诗，倒是直直落落，明明白白，天真自然，纯正朴茂，可爱得很。樽前有了苏步青的诗，桌上的酱鸭、酱肉、皮蛋和花生米，味同嚼蜡，唾弃不足惜了！

我和 CT 共饮，另外还有一种美味的酒肴！就是话旧。阔别十年，身经浩劫。他沦陷在孤岛上，我奔走于万山中。可惊可喜、可歌可泣的话，越谈越多。谈到酒酣耳热的时候，话声都变了呼号叫啸，把睡在隔壁房间里的人都惊醒。谈到二十余年前他在宝山路商务印书馆当编辑，我在江湾立达学园教课时的事，他要看看我的子女阿宝、软软和瞻瞻——《子恺漫画》里的三个主角，幼时他都见过的。瞻瞻现在叫做丰华瞻，正在北平北大研究院，我叫不到；阿宝和软软现在叫做丰陈宝和丰宁馨，已经大学毕业而在中学教课了，此刻正在厢房里和她们的弟妹们练习平剧[京剧]，我就喊她们来“参见”。CT用手在桌子旁边的地上比比，说：“我在江湾看见你们时，只有这么高。”她们笑了，我们也笑了。这种笑的滋味，半甜半苦，半喜半悲。所谓“人生的滋味”，在这里可以浓烈地尝到。CT叫阿宝“大小姐”，叫软软“三小姐”。我说：“《花生米不满足》《瞻瞻新官人，软软新娘子，宝姊姊做媒人》《阿宝两只脚，凳子四只脚》等画，都是你从我的墙壁上揭去，铸了锌版在《文学周报》上发表的。你这老前辈对她们小孩子又有什么客气？依旧叫‘阿宝’‘软软’好了。”大家都笑。人生的滋味，在这里又浓烈地尝到了。我们就默默地干了两杯。我见CT的豪饮，不减二十余年前。我回忆起了二十余年前的一件旧事。有一天，我在日升楼前，遇见CT，他拉住我的手说：“子恺，我们吃西菜去。”我说：“好的。”他就同我向西走，走到新世界对面的晋隆西菜馆的楼上，点了两客公司菜，外加一瓶白兰地。吃完之后，仆欧[1]送账单来。CT对我说："你身上有钱吗？"我说"有！"摸出一张五元钞票来，把账付了。于是一同下楼，各自回家——他回到闸北，我回到江湾。过了一天，CT到江湾来看我，摸出一张拾元钞票来，说："前天要你付账，今天我还你。"我惊奇而又发笑，说："账回过算了，何必还我？更何必加倍还我呢？"我定要把拾元钞票塞进他的西装袋里去，他定要拒绝。坐在旁边的立达同事刘薰宇，就过来抢了这张钞票去，说："不要客气，拿到新江湾小店里去吃酒吧！"大家赞成。于是号召了七八个人，夏丏尊先生、匡互生、方光焘都在内，到新江湾的小酒店里去吃酒去。吃完这张拾元钞票时，大家都已烂醉了。此情此景，憬然在目。如今夏先生和匡互生均已经作古，刘薰宇远在贵阳，方光焘不知又在何处。只有CT仍旧在这里和我共饮。这岂非人世难得之事！我们又浮两大白。

夜阑饮散，春雨绵绵。我留CT宿在我家，他一定要回旅馆。我给他一把雨伞，看他的高大的身子在湖畔柳荫下的细雨中渐渐地消失了。我想："他明天不要拿两把伞来还我！"

卅七 [1948] 年三月廿八日夜于湖畔小屋

---

(1) 英文boy的音译，意为侍者。——编者注

酒家速写

看花携酒去　酒醉插花归

小桌呼朋三面坐　留将一面与梅花

酒

沙坪的酒

胜利快来到了。逃难的辛劳渐渐忘却了。我辞去教职，恢复了战前的闲居生活。住在重庆郊外的沙坪坝庙湾特五号自造的抗建式小屋中的数年间，晚酌是每日的一件乐事，是白天笔耕的一种慰劳。

我不喜吃白酒，味近白酒的白兰地，我也不要吃。巴拿马赛会得奖的贵州茅台酒，我也不要吃。总之，凡白酒之类的，含有多量酒精的酒，我都不要吃。所以我逃难中住在广西、贵州的几年，差不多戒酒。因为广西的山花、贵州的茅台，均含有多量酒精，无论本地人说得怎样好，我都不要吃。

自从由贵州茅台酒的产地遵义迁居到重庆沙坪坝之后，我开始恢复晚酌，酌的是“渝酒”，即重庆人仿造的黄酒。

富有风趣的一位朋友讥笑我说：“你不吃白酒，而爱吃黄酒，我知道你的意思了：吃白酒是不出钱的，揩别人的油。你不用人间造孽钱，笔耕墨稼，自食其力，所以讨厌白酒两字。黄酒是你们故乡的特产，你身窜异地，心念故乡，所以爱吃黄酒。对不对？”我说：“其然，岂其然欤？”这朋友的话颇有诗意，然而并没有猜中我不爱白酒爱黄酒的原因。揩别人的油，原是我所不欲的；然而吃酒揩油，我觉得比其他的揩油好些。古人诗云：“三杯不记主人谁。”吃酒是兴味的，是无条件的，是艺术的。既然共饮，就不必斤斤计较酒的所有权；吝情去留，反而杀风景，反而有伤生活的诗趣。我倒并不绝对不吃“白酒”(不出钱的酒)。至于为了怀乡而吃黄酒，也大可不必。我住在大后方各省各地的时候，天天嘴上所说的是家乡土白。若要怀乡，这已尽够，不必再用吃黄酒来表示了。

我所以不喜白酒而喜黄酒，原因很简单：就为了白酒容易醉，而黄酒不易醉。“吃酒图醉，放债图利”，这种功利的吃酒，实在不合于吃酒的本旨。吃饭，吃药，是功利的。吃饭求饱，吃药求愈，是对的。但吃酒这件事，性状就完全不同。吃酒是为兴味，为享乐，不是求其速醉。譬如二三人情投意合，促膝谈心，倘添上各人一杯黄酒在手，话兴一定更浓。吃到三杯，心窗洞开，真情挚语，娓娓而来。古人所谓“酒三昧”，即在于此。但决不可吃醉，醉了，胡言乱道，诽谤唾骂，甚至呕吐、打架。那真是不会吃酒，违背吃酒的本旨了。所以吃酒决不是图醉。所以容易醉人的酒决不是好酒。巴拿马赛会的评判员倘换了我，一定把一等奖给绍兴黄酒。

沙坪的酒，当然远不及杭州上海的绍兴酒。然而“使人醺醺而不醉”，这重要条件是具足了的。人家都讲究好酒，我却不大关心。有的朋友把从上海坐飞机来的真正“陈绍”送我。其酒固然比沙坪的酒气味清香些，上口舒适些；但其效果也不过是“醺醺而不醉”。在抗战期间，请绍酒坐飞机，与请洋狗坐飞机有相似的意义。这意义所给人的不快，早已抵消了其气味的清香与上口的舒适了。我与其吃这种绍酒，宁愿吃沙坪的渝酒。

“醉翁之意不在酒”，这真是善于吃酒的人说的至理名言。我抗战期间在沙坪小屋中的晚酌，正是“意不在酒”。我借饮酒作为一天的慰劳，又作为家庭聚会的助兴品。在我看来，晚餐是一天的大团圆。我的工作完毕了；读书的、办公的孩子们都回来了；家离市远，访客不再光临了；下文是休息和睡眠，时间尽可从容了。若是这大团圆的晚餐只有饭菜而没有酒，则不能延长时间，匆匆地把肚皮吃饱就散场，未免太功利的，太少兴趣。况且我的吃饭，从小养成一种快速习惯，要慢也慢不来。有的朋友吃一餐饭能消磨一两小时，我不相信他们如何吃法。在我，吃一餐饭至多只花十分钟。这是我小时从李叔同先生学钢琴时养成的习惯。那时我在师范学校读书，只有吃午饭后到一点钟上课的时间，和吃夜饭后到七点钟上自修的时间，是教弹琴的时间。我十二点吃午饭，十二点一刻须得到弹琴室；六点钟吃夜饭，六点一刻须得到弹琴室。吃饭，洗碗，洗面，都要在十五分钟内了结。这样的数年，使我养成了快吃的习惯。后来虽无快吃的必要，但我仍是非快不可。这就好比反刍类的牛，野生时代因为怕狮虎侵害而匆匆地把草吞入胃内，急忙回到洞内，再吐出来细细地咀嚼，养成了反刍的习惯；做了家畜以后，虽无快吃的必要，但它仍是要反刍。如果有人劝我慢慢吃，在我是一件苦事。因为慢吃违背了惯性，很不自然，很不舒服。一天的大团圆的晚餐，倘使我以十分钟了事，岂不太草草了？所以我的晚酌，意不在酒，是要借饮酒来延长晚餐的时间，增加晚餐的兴味。

沙坪的晚酌，回想起来颇有兴味。那时我的儿女五人，正在大学或专科或高中求学，晚上回家，报告学校的事情，讨论学业的问题。他们的身体在我的晚酌中渐渐高大起来。我在晚酌中看他们升级，看他们毕业，看他们任职，就差一个没有看他们结婚。在晚酌中看成群的儿女长大成人，照一般的人生观说来是“福气”，照我的人生观说来只是“兴味”。这好比饮酒赏春，眼看花草树木，欣欣向荣；自然的美，造物的用意，神的恩宠，我在晚酌中历历地感到了。陶渊明诗云：“试酌百情远，重觞忽忘天。”我在晚酌三杯以后，便能体会这两句诗的真味。我曾改古人诗云:“满眼儿孙身外事,闲将美酒对银灯。”因为沙坪小屋的电灯特别明亮。

还有一种兴味,却是千载一遇的:我在沙坪小屋的晚酌中,眼看抗战局势的好转。我们白天各自看报,晚餐桌上大家报告讨论。我在晚酌中眼看东京的大轰炸、莫索里尼[墨索里尼]的被杀、德国的败亡、独山的收复,直到波士坦[波茨坦]宣言的发出,八月十日夜日本的无条件投降。我的酒味越吃越美。我的酒量越吃越大,从每晚八两增加到一斤。大家说我们的胜利是有史以来的一大奇迹。我更觉得奇怪,我的胜利的欢喜,是在沙坪小屋晚上吃酒吃出来的!所以我确认,世间的美酒,无过于沙坪坝的四川人仿造的渝酒。我有生以来,从未吃过那样的美酒。即如现在,我已“胜利复员,荣归故乡”;故乡的真正陈绍,比沙坪坝的渝酒好到不可比拟。我也照旧每天晚酌;然而味道远不及沙坪的渝酒。因为晚酌的下酒物,不是物价狂涨,便是盗贼蜂起;不是贪污舞弊,便是横暴压迫!沙坪小屋中的晚酌的那种兴味,现在了不可得了!唉,我很想回重庆去,再到沙坪小屋里去吃那种美酒。

卅六[1947]年二月于杭州

可叹无知己　高阳一酒徒

我醉欲眠君且去

酒能祛百虑　菊为制颓龄

酒

吃酒

酒，应该说饮，或喝。然而我们南方人都叫吃。古诗中有“吃茶”，那么酒也不妨称吃。说起吃酒，我忘不了下述几种情境：

二十多岁时，我在日本结识了一个留学生，崇明人黄涵秋。此人爱吃酒，富有闲情逸致。我二人常常共饮。有一天风和日暖，我们乘小火车到江之岛去游玩。这岛临海的一面，有一片平地，芳草如茵，柳荫如盖，中间设着许多矮榻，榻上铺着红毡毯，和环境作成强烈的对比。我们两人踞坐一榻，就有束红带的女子来招待。“两瓶正宗，两个壶烧。”正宗是日本的黄酒，色香味都不亚于绍兴酒。壶烧是这里的名菜，日本名叫tsuboyaki，是一种大螺蛳，名叫荣螺（sazae），约有拳头来大，壳上生许多刺，把刺修整一下，可以摆平，像三足鼎一样。把这大螺蛳烧杀，取出肉来切碎，再放进去，加入酱油等调味品，煮熟，就用这壳作为器皿，请客人吃。这器皿像一把壶，所以名为壶烧。其味甚鲜，确是侑酒佳品。用的筷子更佳：这双筷用纸袋套好，纸袋上印着“消毒割箸”四个字，袋上又插着一个牙签，预备吃过之后用的。从纸袋中拔出筷来，但见一半已割裂，一半还连接，让客人自己去裂开来。这木头是消毒过的，而且没有人用过，所以用时心地非常快适。用后就丢弃，价廉并不可惜。我赞美这种筷，认为是世界上最进步的用品。西洋人用刀叉，太笨重，要洗过方能再用；中国人用竹筷，也是洗过再用，很不卫生，即使是象牙筷也不卫生。日本人的消毒割箸，就同牙签一样，只用一次，真乃一大发明。他们还有一种牙刷，非常简单，到处杂货店发卖，价钱很便宜，也是只用一次就丢弃的。于此可见日本人很有小聪明。且说我和老黄在江之岛吃壶烧酒，三杯入口，万虑皆消。海鸟长鸣，天风振袖。但觉心旷神怡，仿佛身在仙境。老黄爱调笑，看见年轻侍女，就和她搭讪，问年纪，问家乡，引起她身世之感，使她掉下泪来。于是临走多给小账，约定何日重来。我们又仿佛身在小说中了。

又有一种情境，也忘不了。吃酒的对手还是老黄，地点却在上海城隍庙里。这里有一家素菜馆，叫做春风松月楼，百年老店，名闻遐迩。我和老黄都在上海当教师，每逢闲暇，便相约去吃素酒。我们的吃法很经济：两斤酒，两碗“过浇面”，一碗冬菇，一碗十景[1]。所谓过浇，就是浇头不浇在面上，而另盛在碗里，作为酒菜。等到酒吃好了，才要面底子来当饭吃。人们叫别了，常喊作“过桥面”。这里的冬菇非常肥鲜，十景也非常入味。浇头的分量不少，下酒之后，还有剩余，可以浇在面上。我们常常去吃，后来那堂倌熟悉了，看见我们进去，就叫“过桥客人来了，请坐请坐！”现在，老黄早已作古，这素菜馆也改头换面，不可复识了。

另有一种情境，则见于患难之中。那年日本侵略中国，石门湾沦陷，我们一家老幼九人逃到杭州，转桐庐，在城外河头上租屋而居。那屋主姓盛，兄弟四人。我们租住老三的屋子，隔壁就是老大，名叫宝函。他有一个孙子，名叫贞谦，约十七八岁，酷爱读书，常常来向我请教问题，因此宝函也和我要好，常常邀我到他家去坐。这老翁年约六十多岁，身体很健康，常常坐在一只小桌旁边的圆鼓凳上。我一到，他就请我坐在他对面的椅子上，站起身来，揭开鼓凳的盖，拿出一把大酒壶来，在桌上的杯子里满满地斟了两盅；又向鼓凳里摸出一把花生米来，就和我对酌。他的鼓凳里装着棉絮，酒壶裹在棉絮里，可以保暖，斟出来的两碗黄酒，热气腾腾。酒是自家酿的，色香味都上等。我们就用花生米下酒，一面闲谈。谈的大都是关于

(1) 此处应作“什锦”。——编者注

他的孙子贞谦的事。他只有这孙子，很疼爱他。说“这小人一天到晚望书，身体不好……”望书即看书，是桐庐土白。我用空话安慰他，骗他酒吃。骗得太多，不好意思，我准备后来报谢他。但我们住在河头上不到一个月，杭州沦陷，我们匆匆离去，终于没有报谢他的酒惠。现在，这老翁不知是否在世，贞谦已入中年，情况不得而知。

最后一种情境，见于杭州西湖之畔。那时我僦居在里西湖招贤寺隔壁的小平屋里，对门就是孤山，所以朋友送我一副对联，叫做“居邻葛岭招贤寺，门对孤山放鹤亭”。家居多暇，则闲坐在湖边的石凳上，欣赏湖光山色。每见一中年男子，蹲在岸上，向湖边垂钓。他钓的不是鱼，而是虾。钓钩上装一粒饭米，挂在岸石边。一会拉起线来，就有很大的一只虾。其人把它关在一个瓶子里。于是再装上饭米，挂下去钓。钓得了三四只大虾，他就把瓶子藏入藤篮里，起身走了。我问他：“何不再钓几只？”他笑着回答说：“下酒够了。”我跟他去，见他走进岳坟旁边的一家酒店里，拣一座头坐下了。我就在他旁边的桌上坐下，叫酒保来一斤酒、一盆花生米。他也叫一斤酒，却不叫菜，取出瓶子来，用钓丝缚住了这三四只虾，拿到酒保烫酒的开水里去一浸，不久取出，虾已经变成红色了。他向酒保要一小碟酱油，就用虾下酒。我看他吃菜很省，一只虾要吃很久，由此可知此人是个酒徒。

此人常到我家门前的岸边来钓虾。我被他引起酒兴，也常跟他到岳坟去吃酒。彼此相熟了，但不问姓名。我们都独酌无伴，就相与交谈。他知道我住在这里，问我何不钓虾。我说我不爱此物。他就向我劝诱，尽力宣扬虾的滋味鲜美、营养丰富。又教我钓虾的窍门。他说："虾这东西，爱躲在湖岸石边。你倘到湖心去钓，是永远钓不着的。这东西爱吃饭粒和蚯蚓，但蚯蚓龌龊，它吃了，你就吃它，等于你吃蚯蚓。所以我总用饭粒。你看，它现在死了，还抱着饭粒呢。"他提起一只大虾来给我看，我果然看见那虾还抱着半粒饭，他继续说，"这东西比鱼好得多。鱼，你钓了来，要剖，要洗，要用油盐酱醋来烧，多少麻烦。这虾就便当得多：只要到开水里一煮，就好吃了。不须花钱，而且新鲜得很。"他这钓虾论讲得头头是道，我真心赞叹。

这钓虾人常来我家门前钓虾，我也好几次跟他到岳坟吃酒，彼此熟识了，然而不曾通过姓名。有一次，夏天，我带了扇子去吃酒。他借看我的扇子，看到了我的名字，吃惊地叫道："啊！我有眼不识泰山！"于是叙述他曾经读过我的随笔和漫画，说了许多仰慕的话。我也请教他姓名，知道他姓朱，名字现已忘记，是在湖滨旅馆门口摆刻字摊的。下午收了摊，常到里西湖来钓虾吃酒。此人自得其乐，甚可赞佩。可惜不久我就离开杭州，远游他方，不再遇见这钓虾的酒徒了。

写这篇琐记时，我久病初愈，酒戒又开。回想上述情景，酒兴顿添。正是："昔年多病厌芳尊，今日芳尊惟恐浅。"

相逢意气为君饮　系马高楼垂柳边

酒

谈梅兰芳

我只看过一次梅兰芳。约十年前，在上海，不记在何舞台，不记所看何戏，但记得坐的位置很远，差不多在最后一排的边上。因为看客很挤，不容易买得戏票。这位置还是我的朋友托熟人想办法得来的。

记得等了好久，打了许多呵欠，舞台上电灯忽然加亮。台下一阵喝彩，台上走出一个衣服鲜丽得耀目的花旦来，台下又是一阵喝彩。但我望去只见大体，连面貌都看不大清楚。故我只觉得同别的花旦差不多，不过衣服鲜丽，台上电灯加亮而已。台下嘈杂得很，有喝彩声、谈话声、脚步声，以及争座位的相骂声。唱戏声不大听得清楚。即使听得清楚，我那时也听不懂，因为我是不大欢喜看戏的。此来半为友人所拉，半为好奇，想一见这大名鼎鼎的“伶界大王”。

事后我想：我坐在远处，看不清楚梅兰芳的姿态，也好。因为男扮女的花旦，以前曾经给我一个不快的印象，看清楚了恐怕反而没趣。为的是有一次，我到乡下亲戚家做客，适值村上要做夜戏，戏台已经搭好，班子船已停在河埠上。亲戚家就留我过夜，看了戏才去。下午，我同了我的亲戚到河边闲步，看见一个穿竹布大衫而束腰的中年男子，嘴里咬着一支带长甘蔗，从班子船中走上岸来。亲戚指着他对我说，这是花旦。后来我正在庙后登坑，看见一个人手里拿着旱烟筒，头颈下挂着辫子，走进来，也解开裤子，蹲在坑上。其人就是那花旦。这样地见了两次，晚上我立在台前最近最正的位置里看他做花旦戏，觉得异常难看，甚至使人难堪。从此男扮女的花旦给了我一个不快的印象。但梅兰芳，听说与众不同，可惜我没有看清楚。但幸而没有看清楚，使我最近得安心地怀着了好感而在蓄音机[唱机]上听他的青衣唱片。

前年我买了一架蓄音机。交响乐、朔拿大[奏鸣曲]的片子，价钱太贵，不能多买；即使能多买，上海的乐器店里也不能多供应——他们所有的大多数是上海的外国商人所爱听的跳舞音乐片子。于是我就到高亭、胜利等公司去选购中国人制的唱片。苏滩、本滩、绍兴调、宁波调、滑稽小调，歌曲等都不合我的胃口。还有许多调子我听不懂，昆剧片子很少。可听而易购的，还是平剧的片子。我就向这门里选购唱片。不知何故，最初选了七八张梅兰芳的青衣唱片。乡居寂寥，每晚开开唱片，邻里的人聚拢来听，借此共话桑麻。听惯了梅氏的唱片，第二批再买他的，第三批再买他的……我的蓄音机自然地变成了专唱梅兰芳片子的蓄音机。而且所唱的大多数是男扮女的花旦戏。因此，青衣的唱腔给我听得相当地稔熟。

平剧的音乐的价值，青衣唱腔的音乐的价值，当作别论，不是现在所要说的。现在所要说的，是青衣唱腔给我的一种感想。而且这感想也不限于梅兰芳的青衣。我觉得平剧中的青衣的唱腔，富有女人气。不必理解唱词，但一听腔调，脑际就会浮出一个女子的姿态来，这是西洋音乐上所没有的情形。老生、大面的唱腔，固然也可说富有男人气，但他们的唱腔都不及青衣的委婉曲折。青衣的唱腔，可谓“女相十足”。我每次听到，觉得用日本语中 onnarashii [有女人风度的] 一语来形容它，最为适切。在事实上，从古以来，女子决没有用唱代话，而且唱得这样委婉曲折的。然而女子的寻常语调中，确有这么委婉曲折的音乐的动机潜伏着。换言之，青衣唱腔的音乐，是以自来女子的寻常语调为原素，扩张、放大、变本加厉而做成的。这使我联想起中国的仕女画。雪白而平而大的脸孔，细眉细眼，樱桃口，削肩，细腰，纤指，玉腕，长裙，飘带……世间哪里有这样畸形的女人？然而“女相十足”，onnarashii，使人一见就能辨识其为“女”，而且联想起“女”的种种相，甚至种种性格。

为了这也是以自来女子的寻常姿态为原素，扩张、放大、变本加厉而做成的缘故。这也是西洋绘画上所没有的情形。可见以前的音乐、绘画，在东西洋各自成一格调。

言归本题。上面所说的“女相十足”，固然不限于梅兰芳的青衣，一切青衣的唱腔，都是具有这特色的。不过梅氏倘真是“伶界大王”，则他所唱的青衣应是代表的，即我的唱片没有选错，即上面的话不妨说是为梅氏说的。四十多岁的男子，怎么唱得出这样“女相十足”的腔调？我觉得有些儿惊异。在现代，为什么花旦还是由男子担任，我又觉得有些儿疑问。难道“当女子”这件事，也同“缝纫”和“中馈”一样，闲常由女子司理，出客[1]必须烦成衣和厨夫等男子担任的吗？

廿四 [1935] 年十月五日石门湾

(1) 意为在正式场合。——编者注

把酒话桑麻

田翁烂醉身如舞　两个儿童策上船

酒

悼丐师

我从重庆郊外迁居城中，候船返沪。刚才迁到，接得夏丏尊老师逝世的消息。记得三年前，我从遵义迁重庆，临行时接得弘一法师往生的电报。我所敬爱的两位教师的最后消息，都在我行旅倥偬的时候传到。这偶然的事，在我觉得很是蹊跷。因为这两位老师同样的可敬可爱，昔年曾经给我同样宝贵的教诲；如今噩耗传来，也好比给我同样的最后训示。这使我感到分外的哀悼与警惕。

我早已确信夏先生是要死的，同确信任何人都要死的一样。但料不到如此其速。八年违教，快要再见，而终于不得再见！真是天实为之，谓之何哉！

犹忆二十六年 [1937] 秋，卢沟桥事变之际，我从南京回杭州，中途在上海下车，到梧州路去看夏先生。先生满面忧愁，说一句话，叹一口气。我因为要乘当天的夜车返杭，匆匆告别。

我说："夏先生再见。"夏先生好像骂我一般愤然地答道："不晓得能不能再见！"同时又用凝注的眼光，站立在门口目送我。我回头对他发笑。因为夏先生老是善愁，而我总是笑他多忧。岂知这一次正是我们的最后一面，果然这一别"不能再见"了！

后来我扶老携幼，仓皇出奔，辗转长沙、桂林、宜山、遵义、重庆各地。夏先生始终住在上海。初年还常通信。自从夏先生被敌人捉去监禁了一回之后，我就不敢写信给他，免得使他受累。胜利一到，我写了一封长信给他。见他回信的笔迹依旧遒劲挺秀，我很高兴。字是精神的象征，足证夏先生精神依旧。当时以为马上可以再见了，岂知交通与生活日益困难，使我不能早归；终于在胜利后八个半月的今日，在这山城客寓中接到他的噩耗，也可说是"抱恨终天"的事！

夏先生之死，使"文坛少了一位老将""青年失了一位导师"，这些话一定有许多人说，用不着我再讲。我现在只就我们的师弟情缘上表示哀悼之情。

夏先生与李叔同先生（弘一法师），具有同样的才调，同样的胸怀。不过表面上一位做和尚，一位是居士而已。

犹忆三十余年前，我当学生的时候，李先生教我们图画、音乐，夏先生教我们国文。我觉得这三种学科同样的严肃而有兴趣。就为了他们二人同样的深解文艺的真谛，故能引人入胜。夏先生常说："李先生教图画、音乐，学生对图画、音乐，看得比国文、数学等更重。这是有人格作背景的原故。因为他教图画、音乐，而他所懂得的不仅是图画、音乐；他的诗文比国文先生的更好，他的书法比习字先生的更好，他的英文比英文先生的更好……这好比一尊佛像，有灵光，故能令人敬仰。”这话也可说是“夫子自道”。夏先生初任舍监，后来教国文。但他也是博学多能，只除不弄音乐以外，其他诗文、绘画（鉴赏）、金石、书法、理学、佛典，以至外国文、科学等，他都懂得。因此能和李先生交游，因此能得学生的心悦诚服。

他当舍监的时候，学生们私下给他起个诨名，叫夏木瓜。但这并非恶意，却是好心。因为他对学生如对子女，率直开导，不用敷衍、欺蒙、压迫等手段。学生们最初觉得忠言逆耳，看见他的头大而圆，就给他起这个诨名。但后来大家都知道夏先生是真爱我们，这绰号就变成了爱称而沿用下去。凡学生有所请愿，大家都说：“同夏木瓜讲，这才成功。”他听到请愿，也许暗呜叱咤地骂你一顿；但如果你的请愿合乎情理，他就当做自己的请愿，而替你设法了。

他教国文的时候，正是“五四”将近。我们做惯了“太王留别父老书”“黄花主人致无肠公子书”之类的文题之后，他突然叫我们做一篇“自述”。而且说：“不准讲空话，要老实写。”有一位同学，写他父亲客死他乡，他“星夜匍伏奔丧”。夏先生苦笑着问他：“你那天晚上真个是在地上爬去的？”引得大家发笑，那位同学脸孔绯红。又有一位同学发牢骚，赞隐遁，说要“乐琴书以消忧，抚孤松而盘桓”。夏先生厉声问他：“你为什么来考师范学校？”弄得那人无言可对。这样的教法，最初被顽固守旧的青年所反对。他们以为文章不用古典，不发牢骚，就不高雅。竟有人说：“他自己不会做古文（其实做得很好），所以不许学生做。”但这样的人，毕竟是少数。多数学生，对夏先生这种从来未有的、大胆的革命主张，觉得惊奇与折服，好似长梦猛醒，恍悟今是昨非。这正是五四运动的初步。

李先生做教师，以身作则，不多讲话，使学生衷心感动，自然诚服。譬如上课，他一定先到教室，黑板上应写的，都先写好（用另一黑板遮住，用到的时候推开来）。然后端坐在讲台上等学生到齐。譬如学生还琴时弹错了，他举目对你一看，但说：“下次再还。”有时他没有说，学生吃了他一眼，自己请求下次再还了。他话很少，说时总是和颜悦色的。但学生非常怕他，敬爱他。夏先生则不然，毫无矜持，有话直说。学生便嬉皮笑脸，同他亲近。偶然走过校庭，看见年纪小的学生弄狗，他也要管：“为啥同狗为难！”放假日子，学生出门，夏先生看见了便喊：“早些回来，勿可吃酒啊！”学生笑着连说：“不吃，不吃！”赶快走路。走得远了，夏先生还要大喊：“铜钿少用些！”学生一方面笑他，一方面实在感激他、敬爱他。

夏先生与李先生对学生的态度，完全不同。而学生对他们的敬爱，则完全相同。这两位导师，如同父母一样。李先生的是“爸爸的教育”，夏先生的是“妈妈的教育”。夏先生后来翻译的《爱的教育》，风行国内，深入人心，甚至被取作国文教材。这不是偶然的事。

我师范毕业后，就赴日本。从日本回来就同夏先生共事，当教师，当编辑。我遭母丧后辞职闲居，直至逃难。但其间与书店关系仍多，常到上海与夏先生相晤。故自我离开夏先生的绛帐，直到抗战前数日的诀别，二十年间，常与夏先生接近，不断地受他的教诲。其时李先生已经做了和尚，芒鞋破钵，云游四方，和夏先生仿佛是两个世界的人。但在我觉得仍是以前的两位导师，不过所导的对象由学校扩大为人世罢了。

李先生不是“走投无路，遁入空门”的，是为了人生根本问题而做和尚的。他是真正做和尚，他是痛感于众生疾苦愚迷，要彻底解决人生根本问题，而“行大丈夫事”的。夏先生虽然没有做和尚，但也是完全理解李先生的胸怀的；他是赞善李先生的行大丈夫事的。只因种种尘缘的牵阻，使夏先生没有勇气行大丈夫事。夏先生一生的忧愁苦闷，由此发生。

凡熟识夏先生的人，没有一个不晓得夏先生是个多忧善愁的人。他看见世间的一切不快、不安、不真、不善、不美的状态，都要皱眉、叹气。他不但忧自家，又忧友、忧校、忧店、忧国、忧世。朋友中有人生病了，夏先生就皱着眉头替他担忧；有人失业了，夏先生又皱着眉头替他着急；有人吵架了，有人吃醉了，甚至朋友的太太要生产了，小孩子跌跤了……夏先生都要皱着眉头替他们忧愁。学校的问题，公司的问题，别人都当做例行公事处理的，夏先生却当做自家的问题，真心地担忧。国家的事，世界的事，别人当做历史小说看的，在夏先生都是切身问题，真心地忧愁、皱眉、叹气。故我和他共事的时候，对夏先生凡事都要讲得乐观些，有时竟瞒过他，免得使他增忧。他和李先生一样的痛感众生的疾苦。但他不能和李先生一样的彻底解决人生根本问题而行大丈夫事；他只能忧伤终老。在“人世”这个大学校里，这二位导师所施的仍是“爸爸的教育”与“妈妈的教育”。

朋友的太太生产、小孩子跌跤等事，都要夏先生担忧。那么，八年来水深火热的上海生活，不知为夏先生增添了几十万斛的忧愁！忧能伤人，夏先生之死，是供给忧愁材料的社会所致使，日本侵略者所促成的！

以往我每逢写一篇文章，写完之后总要想：“不知这篇东西夏先生看了怎么说。”因为我的写文，是在夏先生的指导鼓励之下学起来的。今天写完了这篇文章，我又本能地想：“不知这篇东西夏先生看了怎么说。”两行热泪，一齐沉重地落在这原稿纸上。

卅五 [1946] 年五月一日于重庆客寓

年丰便觉村居好　竹里新添卖酒家

日暮影斜春社散　家家扶得醉人归

酒

阿庆

我的故乡石门湾虽然是一个人口不满一万的小镇，但是附近村落甚多，每日上午，农民出街做买卖，非常热闹，两条大街上肩摩踵接，推一步走一步，真是一个商贾辐辏的市场。我家住在后河，是农民出入的大道之一。多数农民都是乘航船来的，只有卖柴的人，不便乘船，挑着一担柴步行入市。

卖柴，要称斤两，要找买主。农民自己不带秤，又不熟悉哪家要买柴。于是必须有一个“柴主人”。他肩上扛着一支大秤，给每担柴称好分量，然后介绍他去卖给哪一家。柴主人熟悉情况，知道哪家要硬柴，哪家要软柴，分配各得其所。卖得的钱，农民九五扣到手，其余百分之五是柴主人的佣钱。农民情愿九五扣到手，因为方便得多，他得了钱，就好扛着空扁担入市去买物或喝酒了。

我家一带的柴主人，名叫阿庆。此人姓什么，一向不传，人都叫他阿庆。阿庆是一个独身汉，住在大井头的一间小屋里，上午忙着称柴，所得佣钱，足够一人衣食，下午空下来，就拉胡琴。他不喝酒、不吸烟，唯一的嗜好是拉胡琴。他拉胡琴手法纯熟，各种京戏他都会拉。当时留声机还不普遍流行，就有一种人背一架有喇叭的留声机来卖唱，听一出戏，收几个钱。商店里的人下午空闲，出几个钱买些精神享乐，都不吝惜。这是不能独享的，许多人旁听，在出钱的人并无损失。阿庆便是旁听者之一。但他的旁听，不仅是享乐，竟是学习。他听了几遍之后，就会在胡琴上拉出来。足见他在音乐方面，天赋独厚。

夏天晚上，许多人坐在河沿上乘凉。皓月当空，万籁无声。阿庆就在此时大显身手。琴声宛转悠扬，引人入胜。浔阳江头的琵琶，恐怕不及阿庆的胡琴。因为琵琶是弹弦乐器，胡琴是摩擦弦乐器。摩擦弦乐器接近于肉声，容易动人。钢琴不及小提琴好听，就是为此。中国的胡琴，构造比小提琴简单得多。但阿庆演奏起来，效果不亚于小提琴，这完全是心灵手巧之故。有一个青年羡慕阿庆的演奏，请他教授。阿庆只能把内外两弦上的字眼——上尺工凡六五乙仕[1]——教给他。此人按字眼拉

(1) 工尺谱是中国传统的记谱法之一。近代常见的工尺谱，一般用合、四、一、上、尺、工、凡、六、五、乙等字样作为表示音高的基本符号。——编者注

奏乐曲，生硬乖异，不成腔调。他怪怨胡琴不好，拿阿庆的胡琴来拉奏，依旧不成腔调，只得废然而罢。记得西洋音乐史上有一段插话：有一个非常高明的小提琴家，在一只皮鞋底上装四根弦线，照样会奏出美妙的音乐。阿庆的胡琴并非特制，他的心手是特制的。

笔者曰：阿庆孑然一身，无家庭之乐。他的生活乐趣完全寄托在胡琴上。可见音乐感人之深，又可见精神生活有时可以代替物质生活。感悟佛法而出家为僧者，亦犹是也。

于一九五〇年作

主人醉倒不相劝　客反持杯劝主人

酒

癞六伯

癞六伯，是离石门湾五六里的六塔村里的一个农民。这六塔村很小，一共不过十几份人家，癞六伯是其中之一。我童年时候，看见他约有五十多岁，身材瘦小，头上有许多癞疮疤。因此人都叫他癞六伯。此人姓甚名谁，一向不传，也没有人去请教他。只知道他家中只有他一人，并无家属。既然称为“六伯”，他上面一定还有五个兄或姐，但也一向不传。总之，癞六伯是孑然一身。

癞六伯孑然一身，自耕自食，自得其乐。他每日早上挽了一只篮步行上街，走到木场桥边，先到我家找奶奶，即我母亲。“奶奶，这几个鸡蛋是新鲜的，两支笋今天早上才掘起来，也很新鲜。”我母亲很欢迎他的东西，因为的确都很新鲜。但他不肯讨价，总说“随你给吧”。我母亲为难，叫店里的人代为定价。店里人说多少，癞六伯无不同意。但我母亲总是多给些，不肯欺负这老实人。于是癞六伯道谢而去。他先到街上“做生意”，即卖东西。大约九点多钟，他就坐在对河的汤裕和酒店门前的板桌上吃酒了。这汤裕和是一家酱园，但兼卖热酒。门前搭着一个大凉棚，凉棚底下，靠河口，设着好几张板桌。癞六伯就占据了一张，从容不迫地吃时酒。时酒，是一种白色的米酒，酒力不大，不过二十度，远非烧酒可比，价钱也很便宜，但颇能醉人。因为做酒的时候，酒缸底上用砒霜画一个“十”字，酒中含有极少量的砒霜。砒霜少量原是无害而有益的，它能养筋活血，使酒力遍达全身，因此这时酒颇能醉人，但也醒得很快，喝过之后一两个钟头，酒便完全醒了。农民大都爱吃时酒，就为了它价钱便宜，醉得很透，醒得很快。农民都要工作，长醉是不相宜的。我也爱吃这种酒，后来客居杭州、上海，常常从故乡买时酒来喝。因为我要写作，宜饮此酒。李太白“但愿长醉不愿醒”，我不愿。

且说癞六伯喝时酒，喝到饱和程度，还了酒钱，提着篮子起身回家了。此时他头上的癞疮疤变成通红，走步有些摇摇晃晃。走到桥上，便开始骂人了。他站在桥顶上，指手画脚地骂：“皇帝万万岁，小人日日醉！”“你老子不怕！”“你算有钱？千年田地八百主！”“你老子一条裤子一根绳，皇帝看见让三分！”骂的内容大概就是这些，反复地骂到十来分钟。旁人久已看惯，不当一回事。癞六伯在桥上骂人，似乎是一种自然现象，仿佛鸡啼之类。我母亲听见了，就对陈妈妈说："好烧饭了，癞六伯骂过了。"时间大约在十点钟光景，很准确的。

有一次，我到南沈浜亲戚家做客。下午出去散步，走过一爿小桥，一只狗声势汹汹地赶过来。我大吃一惊，想拾石子来抵抗，忽然一个人从屋后走出来，把狗赶走了。一看，这人正是癞六伯，这里原来是六塔村了。这屋子便是癞六伯的家。他邀我进去坐，一面告诉我："这狗不怕。叫狗勿咬，咬狗勿叫。"我走进他家，看见环堵萧然，一床、一桌、两条板凳、一只行灶之外，别无长物。墙上有一个搁板，堆着许多东西，碗盏、茶壶、罐头，连衣服也堆在那里。他要在行灶上烧茶给我吃，我阻止了。他就向搁板上的罐头里摸出一把花生来请我吃："乡下地方没有好东西，这花生是自己种的，燥倒还燥。"我看见墙上贴着几张花纸，即新年里买来的年画，有《马浪荡》《大闹天宫》《水没金山》等，倒很好看。他就开开后门来给我欣赏他的竹园。这里有许多枝竹，一群鸡，还种着些菜。我现在回想，癞六伯自耕自食，自得其乐，很可羡慕。但他毕竟孑然一身，孤苦伶仃，不免身世之感。他的喝酒骂人，大约是泄愤的一种方法吧。

不久，亲戚家的五阿爹来找我了。癞六伯又抓一把花生来塞在我的袋里。我道谢告别，癞六伯送我过桥，喊走那只狗。他目送我回南沈浜。我去得很远了，他还在喊："小阿官！明天再来玩！"

置酒庆岁丰　醉倒妪与翁

四 季

无宠不惊过一生

四季

春

春是多么可爱的一个名词！自古以来的人都赞美它，希望它长在人间。诗人，特别是词客，对春爱慕尤深。试翻词选，差不多每一页上都可以找到一个春字。后人听惯了这种话，自然地随喜附和，即使实际上没有理解春的可爱的人，一说起春也会觉得欢喜。这一半是春这个字的音容所暗示的。“春！”你听，这个音读起来何等铿锵而惺忪可爱！这个字的形状何等齐整妥帖而具足对称的美！这么美的名字所隶属的时节，想起来一定很可爱。好比听见名叫“丽华”的女子，想来一定是个美人。

然而实际上春不是那么可喜的一个时节。我积三十六年之经验，深知暮春以前的春天，生活上是很不愉快的。

梅花带雪开了，说道是漏泄春的消息。但这完全是精神上的春，实际上雨雪霏霏、北风烈烈，与严冬何异？所谓迎春的人，也只是瑟缩地躲在房栊内，战栗地站在屋檐下，望望枯枝一般的梅花罢了！

再迟个把月吧，就像现在：惊蛰已过，所谓春将半了。住在都会里的朋友想象此刻的乡村，足有画图一般美丽，连忙写信来催我写春的随笔。好像因为我偎傍着春，惹他们妒忌似的。其实我们住在乡村间的人，并没有感到快乐，却生受了种种的不舒服：寒暑表激烈地升降于三十六度至六十二度[1]之间。一日之内，乍暖乍寒。暖起来可以想起都会里的冰激凌，寒起来几乎可见天然冰，饱尝了所谓"料峭"的滋味。天气又忽晴忽雨，偶一出门，干燥的鞋子往往拖泥带水归来。"一春能有几番晴"是真的；"小楼一夜听春雨"其实没有什么好听，单调得很，远不及你们都会里的无线电的花样繁多呢。春将半了，但它并没有给我们一点舒服，只教我们天天愁寒，愁暖，愁风，愁雨。正是"三分春色二分愁，更一分风雨"！

春的景象，只有乍寒、乍暖、忽晴、忽雨是实际而明确的。此外虽有春的美景，但都隐约模糊，要仔细探寻，才可依稀仿佛地见到，这就是所谓"寻春"吧？有的说"春在卖花声里"，有的说"春在梨花"，又有的说"红杏枝头春意闹"，但这种景象在我们这枯寂的乡村里都不易见到。即使见到了，肉眼也不易认识。总之，春所带来的美，少而隐；春所带来的不快，

---

(1) 指华氏度，约为 2.22 至 16.67 摄氏度。——编者注

多而确。诗人词客似乎也承认这一点，春寒、春困、春愁、春怨，不是诗词中的常谈吗？不但现在如此，就是再过个把月，到了清明时节，也不见得一定春光明媚，令人极乐。倘又是落雨，路上的行人将要“断魂”呢。

可知春徒美其名，在实际生活上是很不愉快的。实际，一年中最愉快的时节，是从暮春开始的。就气候上说，暮春以前虽然大体逐渐由寒向暖，但变化多端，始终是乍寒乍暖，最难将息的时候。到了暮春，方才冬天的影响完全消灭，而一路向暖。寒暑表上的水银爬到 temperate（温暖）上，正是气候最 temperate 的时节。就景色上说，春色不须寻找，有广大的绿野青山，慰人心目。古人词云：“杜宇一声春去，树头无数青出。”原来山要到春去的时候方才全青，而惹人注目。我觉得自然景色中，青草与白雪是最伟大的现象。造物者描写“自然”这幅大画图时，对于春红、秋艳，都只是略蘸些胭脂、朱磦，轻描淡写。到了描写白雪与青草，他就毫不吝惜颜料，用刷子蘸了铅粉、藤黄和花青而大块地涂抹，使屋屋皆白，山山皆青。这仿佛是米派山水的点染法，又好像是 Cézanne[塞尚] 风景画的“色的块”，何等泼辣的画风！而草色青青，连天遍野，尤为和平可亲、大公无私的春色。花木有时被关闭在私人的庭园里，吃了园丁的私刑而献媚于绅士淑女之前。草则到处自生自长，不择贵贱高下。人都以为花是春的作品，其实春工不在花枝，而在于草。看花的能有几人？草则广泛地生长在大地的表面，普遍地受大众的欣赏。这种美景，是早春所见不到的。那时候山野中枯草遍地，满目憔悴之色，看了令人不快。必须到了暮春，枯草尽去，才有真的青山绿野的出现，而天地为之一新。一年好景，无过于此时。自然对人的恩宠，也以此时为最深厚了。

讲求实利的西洋人，向来重视这季节，称之为May（五月）。May是一年中最愉快的时节，人间有种种的娱乐，即所谓May-queen（五月美人）、May-pole（五月彩柱）、May-games（五月游艺）等。May这一个字，原是“青春”“盛年”的意思。可知西洋人视一年中的五月，犹如人生中的青年，为最快乐、最幸福、最精彩的时期。这确是名副其实的。但东洋人的看法就与他们不同：东洋人称这时期为暮春，正是留春、送春、惜春、伤春，而感慨、悲叹、流泪的时候，全然说不到乐。东洋人之乐，乃在“绿柳才黄半未匀”的新春，便是那忽晴、忽雨、乍暖、乍寒、最难将息的时候。这时候实际生活上虽然并不舒服，但默察花柳的萌动，静观天地的回春，在精神上是最愉快的。故西洋的“May”相当于东洋的“春”。这两个字读起来声音都很好听，看起来样子都很美丽。不过May是物质的、实利的，而春是精神的、艺术的。东西洋文化的判别，在这里也可窥见。

一九三四年三月十二夜十时

都会之春

儿童不知春　问草何故绿

底事春风欠公道　儿家门巷落花多

一枝红杏出墙来

四季

云

霓

这是去年夏天的事。

两个月不下雨。太阳每天晒十五小时。寒暑表中的水银每天爬到百度[1]之上。河底处处向天。池塘成为洼地。野草变作黄色而矗立在灰白色的干土中。大热的苦闷和大旱的恐慌充塞了人间。

室内没有一处地方不热。坐凳子好像坐在铜火炉上。按桌子好像按着了烟囱。洋蜡烛从台上弯下来，弯成磁铁的形状，薄荷锭在桌子上放了一会，旋开来统统熔化而蒸发了。狗子伸着舌头伏在桌子底下喘息，人们各占住了一个门口而不息地挥扇。挥得手腕欲断，汗水还是不绝地流。汗水虽多，饮水却成问题。

(1) 指华氏度，100 华氏度约为 37.8 摄氏度。——编者注远处挑来的要四角钱一担，倒在水缸里好像乳汁，近处挑来的也要十个铜板一担，沉淀起来的有小半担是泥。有钱买水的人家，大家省省地用水。洗过面的水留着洗衣服，洗过衣服的水留着洗裤。洗过裤的水再留着浇花。没有钱买水的人家，小脚的母亲和数岁的孩子带了桶到远处去扛。每天愁热愁水，还要愁未来的旱荒。迟耕的地方还没有种田，田土已硬得同石头一般。早耕的地方苗秧已长，但都变成枯草了。尽驱全村的男子踏水。先由大河踏进小河，再由小河踏进港汊，再由港汊踏进田里。但一日工作十五小时，人们所踏进来的水，不够一日照临十五小时太阳的蒸发。今天来个消息，西南角上的田禾全变黄色了；明天又来个消息，运河岸上的水车增至八百几十部了。人们相见时，最初徒唤奈何："只管不下雨怎么办呢？""天公竟把落雨这件事根本忘记了！"但后来得到一个结论，大家一见面就惶恐地相告："再过十天不雨，大荒年来了！"

此后的十天内，大家不暇愁热，眼巴巴地只望下雨。每天一早醒来，第一件事是问天气。然而天气只管是晴，晴，晴……一直晴了十天。第十天以后还是晴，晴，晴……晴到不计其数。有几个人绝望地说："即使现在马上下雨，已经来不及了。"然而多数人并不绝望：农人依旧拼命踏水，连黄发垂髫都出来参加。镇上的人依旧天天仰首看天，希望它即刻下雨，或者还有万一的补救。他们所以不绝望者，为的是十余日来东南角上天天挂着几朵云霓，它们忽浮忽沉，忽大忽小，忽明忽暗，忽聚忽散，向人们显示种种欲雨的现象，维持着它们的一线希望，有时它们升起来，大起来，黑起来，似乎义勇地向踏水的和看天的人说："不要失望！我们带雨来了！"于是踏水的人增加了勇气，愈加拼命地踏，看天的人得着了希望，欣欣然有喜色而相与欢呼："落雨了！落雨了！"年老者摇着双手阻止他们："喊不得，喊不得，要吓退的啊。"不久那些云霓果然被吓退了，它们在炎阳之下渐渐地下去，少起来，淡起来，散开去，终于隐伏在地平线下。人们空欢喜了一场，依旧回进大热的苦闷和大旱的恐慌中。每天有一场空欢喜，但每天逃不出苦闷和恐怖。原来这些云霓只是挂着给人看看，空空地给人安慰和勉励而已。后来人们都看穿了，任它们五色灿烂地飘游在天空，只管低着头和热与旱奋斗，得过且过地度日子，不再上那些虚空的云霓的当了。

这是去年夏天的事。后来天终于下雨，但已无补于事，大荒年终于出现。现在，农人啖着糠粞，工人闲着工具，商人守着空柜，都在那里等候蚕熟和麦熟，不再回忆过去的旧事了。

我现在为什么在这里重提旧事呢？因为我在大旱时曾为这云霓描一幅画。现在从大旱以来所作画中选出民间生活描写的六十幅来，结集为一册书，把这幅《云霓》冠卷首，就名其书为《云霓》。这也不仅是模仿《关雎》《葛覃》，取首句作篇名而已，因为我觉得现代的民间，始终充塞着大热似的苦闷和大旱似的恐慌，而且也有几朵“云霓”始终挂在我们的眼前，时时用美好的形状来安慰我们，勉励我们，维持我们生活前途的一线希望，与去年夏天的状况无异。就记述这状况，当做该书的代序。

记述既毕，自己起了疑问：我这《云霓》能不空空地给人玩赏吗？能满足大旱时代的渴望吗？自己知道都不能。因为这里所描的云霓太小了，太少了。似乎这几朵怎能沛然下雨呢？恐怕也只能空空地给人玩赏一下，然后任其消沉到地平线底下去的吧。

画集《云霓》（天马版）代序

廿四 [1935] 年三月十九日作

六六水窗通　扇底微风

记得那人同坐　纤手剥莲蓬

流光容易把人抛
红了樱桃　绿了芭蕉

四季

秋

我的年岁上冠用了“三十”二字，至今已两年了。不解达观的我，从这两个字上受到了不少的暗示与影响。虽然明明觉得自己的体格与精力比二十九岁时全然没有什么差异，但“三十”这一个观念笼在头上，犹之张了一顶阳伞，使我的全身蒙了一个暗淡色的阴影，又仿佛在日历上撕过了立秋的一页以后，虽然太阳的炎威依然没有减却，寒暑表上的热度依然没有降低，然而只当得余威与残暑，或霜降木落的先驱，大地的节候已从今移交于秋了。

实际，我两年来的心情与秋最容易调和而融合。这情形与从前不同。在往年，我只慕春天。我最欢喜杨柳与燕子。尤其欢喜初染鹅黄的嫩柳。我曾经名自己的寓居为“小杨柳屋”，曾经画了许多杨柳燕子的画，又曾经摘取秀长的柳叶，在厚纸上裱成各种风调的眉，想象这等眉的所有者的颜貌，而在其下面添描出眼鼻与口。那时候我每逢早春时节，正月二月之交，看见杨柳枝的线条上挂了细珠，带了隐隐的青色而“遥看近却无”的时候，我心中便充满了一种狂喜，这狂喜又立刻变成焦虑，似乎常常在说：“春来了！不要放过！赶快设法招待它，享乐它，永远留住它。”我读了“良辰美景奈何天”等句，曾经真心地感动。以为古人都太息一春的虚度，前车可鉴！到我手里决不放它空过了。最是逢到了古人惋惜最深的寒食清明，我心中的焦灼便更甚。那一天我总想有一种足以充分酬偿这佳节的举行。我准拟作诗、作画，或痛饮、漫游。虽然大多不被实行；或实行而全无效果，反而中了酒，闹了事，换得了不快的回忆；但我总不灰心，总觉得春的可恋。我心中似乎只有知道春，别的三季在我都当做春的预备，或待春的休息时间，全然不曾注意到它们的存在与意义。而对于秋，尤无感觉：因为夏连续在春的后面，在我可当做春的过剩；冬先行在春的前面，在我可当做春的准备；独有与春全无关联的秋，在我心中一向没有它的位置。

自从我的年龄告了立秋以后，两年来的心境完全转了一个方向，也变成秋天了。然而情形与前不同：并不是在秋日感到像昔日的狂喜与焦灼。我只觉得一到秋天，自己的心境便十分调和。非但没有那种狂喜与焦灼，且常常被秋风秋雨秋色秋光所吸引而融化在秋中，暂时失却了自己的所在。而对于春，又并非像昔日对于秋的无感觉。我现在对于春非常厌恶。每当万象回春的时候，看到群花的斗艳，蜂蝶的扰攘，以及草木昆虫等到处争先恐后地滋生繁殖的状态，我觉得天地间的凡庸、贪婪、无耻与愚痴，无过于此了！尤其是在青春的时候，看到柳条上挂了隐隐的绿珠，桃枝上着了点点的红斑，最使我觉得可笑又可怜。我想唤醒一个花蕊来对它说："啊！你也来反复这老调了！我眼看见你的无数祖先，个个同你一样地出世，个个努力发展，争荣竞秀；不久没有一个不憔悴而化泥尘。你何苦也来反复这老调呢？如今你已长了这孽根，将来看你弄娇弄艳，装笑装颦，招致了蹂躏、摧残、攀折之苦，而步你祖先们的后尘！"

实际，迎送了三十几次的春来春去的人，对于花事早已看得厌倦，感觉已经麻木，热情已经冷却，决不会再像初见世面的青年少女似的为花的幻姿所诱惑而赞之、叹之、怜之、惜之了。况且天地万物，没有一件逃得出荣枯、盛衰、生灭、有无之理。过去的历史昭然地证明着这一点，无须我们再说。古来无数的诗人千篇一律地为伤春惜花费词，这种效颦也觉得可厌。假如要我对于世间的生荣死灭费一点词，我觉得生荣不足道，而宁愿欢喜赞叹一切的死灭。对于前者的贪婪、愚昧与怯弱，后者的态度何等谦逊、悟达而伟大！我对于春与秋的取舍，也是为了这一点。

夏目漱石三十岁的时候，曾经这样说："人生二十而知有生的利益；二十五而知有明之处必有暗；至于三十岁的今日，更知明多之处暗也多，欢浓之时愁也重。”我现在对于这话也深抱同感；有时又觉得三十的特征不止这一端，其更特殊的是对于死的体感。青年们恋爱不遂的时候惯说生生死死，然而这不过是知有“死”的一回事而已，不是体感。犹之在饮冰挥扇的夏日，不能体感到围炉拥衾的冬夜的滋味。就是我们阅历了三十几度寒暑的人，在前几天的炎阳之下也无论如何感不到浴日的滋味。围炉、拥衾、浴日等事，在夏天的人的心中只是一种空虚的知识，不过晓得将来须有这些事而已，但是不可能体感它们的滋味。须得入了秋天，炎阳逞尽了威势而渐渐退却，汗水浸胖了的肌肤渐渐收缩，身穿单衣似乎要打寒噤，而手触法兰绒觉得快适的时候，于是围炉、拥衾、浴日等知识方能渐渐融入体验界中而化为体感。我的年龄告了立秋以后，心境中所起的最特殊的状态便是这对于“死”的体感。以前我的思虑真疏浅！以为春可以常在人间，人可以永在青年，竟完全没有想到死。又以为人生的意义只在于生，而我的一生最有意义，似乎我是不会死的。直到现在，仗了秋的慈光的鉴照、死的灵气钟育，才知道生的甘苦悲欢，是天地间反复过亿万次的老调，又何足珍惜？我但求此生的平安的度送与脱出而已。犹之罹了疯狂的人，病中的颠倒迷离何足计较？但求其去病而已。

我正要搁笔，忽然西窗外黑云弥漫，天际闪出一道电光，发出隐隐的雷声，骤然洒下一阵夹着冰雹的秋雨。啊！原来立秋过得不多天，秋心稚嫩而未曾老练，不免还有这种不调和的现象，可怕哉！

1929 年秋日

满山红叶女郎樵

落红不是无情物　化作春泥更护花

冬

四季

初冬浴日漫感

离开故居一两个月，一旦归来，坐到南窗下的书桌旁时第一感到异样的，是小半书桌的太阳光。原来夏已去，秋正尽，初冬方到。窗外的太阳已随分南倾了。

把椅子靠在窗缘上，背着窗坐了看书，太阳光笼罩了我的上半身。它非但不像一两月前地使我讨厌，反使我觉得暖烘烘地快适。这一切生命之母的太阳似乎正在把一种祛病延年，起死回生的乳汁，通过了他的光线而流注到我的体中来。

我掩卷瞑想：我吃惊于自己的感觉，为什么忽然这样变了？前日之所恶变成了今日之所欢；前日之所弃变成了今日之所求；前日之仇变成了今日之恩。张眼望见了弃置在高阁上的扇子，又吃一惊。前日之所欢变成了今日之所恶；前日之所求变成了今日之所弃；前日之恩变成了今日之仇。

忽又自笑：“夏日可畏，冬日可爱”，以及“团扇弃捐”，乃古之名言，夫人皆知，又何足吃惊？于是我的理智屈服了。但是我的感觉仍不屈服，觉得当此炎凉递变的交代期上，自有一种异样的感觉，足以使我吃惊。这仿佛是太阳已经落山而天还没有全黑的傍晚时光：我们还可以感到昼，同时已可以感到夜。又好比一脚已跨上船而一脚尚在岸上的登舟时光：我们还可以感到陆，同时已可以感到水。我们在夜里固皆知道有昼，在船上固皆知道有陆，但只是“知道”而已，不是“实感”。我久被初冬的日光笼罩在南窗下，身上发出汗来，渐渐润湿了衬衣。当此之时，浴日的“实感”与挥扇的“实感”在我身中混成一气，这不是可吃惊的经验吗？

于是我索性抛书，躺在墙角的藤椅里，用了这种混成的实感而环视室中，觉得有许多东西大变了相。有的东西变好了：像这个房间，在夏天常嫌其太小，洞开了一切窗门，还不够，几乎想拆去墙壁才好。但现在忽然大起来，大得很！不久将要用屏帏把它隔小来了。又如案上这把热水壶，以前曾被茶缸驱逐到碗橱的角里，现在又像纪念碑似的矗立在眼前了。棉被从前在伏日里晒的时候，大家讨嫌它既笨且厚，现在铺在床里，忽然使人悦目，样子也薄起来了。沙发椅子曾经想卖掉，现在幸而没有人买去。从前曾经想替黑猫脱下皮袍子，现在却羡慕它了。反之，有的东西变坏了：像风，从前人遇到了它都称“快哉！”欢迎它进来。现在渐渐拒绝它，不久要像防贼一样严防它入室了。又如竹榻，以前曾为众人所宝，极一时之荣。现在已无人问津，形容枯槁，毫无生气了。壁上一张汽水广告画。角上画着一大瓶汽水，和一只泛溢着白泡沫的玻璃杯，下面画着海水浴图。以前望见汽水图口角生津，看了海水浴图恨不得自己做了画中人，现在这幅画几乎使人打寒噤了。裸体的洋囝囝趺坐在窗口的小书架上，以前觉得它太写意，现在看它可怜起来。希腊古代名雕的石膏模型 Venus[维纳斯]立像，把裙子褪在大腿边，高高地独立在凌空的花盆架上。我在夏天看见她的脸孔是带笑的，这几天望去忽觉其容有蹙，好像在悲叹她自己失却了两只手臂，无法拉起裙子来御寒。

其实，物何尝变相？是我自己的感觉变叛了。感觉何以能变叛？是自然教它的。自然的命令何其严重：夏天不由你不爱风，冬天不由你不爱日。自然的命令又何其滑稽：在夏天定要你赞颂冬天所诅咒的，在冬天定要你诅咒夏天所赞颂的！

人生也有冬夏。童年如夏，成年如冬；或少壮如夏，老大如冬。在人生的冬夏，自然也常教人的感觉变叛，其命令也有这般严重，又这般滑稽。

廿四[1935]年双十节晚于石门湾

冬日街头

四季

生机

去年除夕夜买的一球水仙花，养了两个多月，直到今天方才开花。

今春天气酷寒，别的花木萌芽都迟，我的水仙尤迟。因为它到我家来，遭了好几次灾难，生机被阻抑了。

第一次遭的是旱灾，其情形是这样：它于去年除夕到我家，当时因为我的别寓里没有水仙花盆，我特为跑到瓷器店去买一只纯白的瓷盘来供养它。这瓷盘很大、很重，原来不是水仙花盆。据瓷器店里的老头子说，它是光绪年间的东西，是官场中请客时用以盛某种特别肴馔的家伙。只因后来没有人用得着它，至今没有卖脱。我觉得普通所谓水仙花盆，长方形的、扇形的，在过去的中国画里都已看厌了，而且形式都不及这家伙好看。就假定这家伙是为我特制的水仙花盆，买了它来，给我的水仙花配合，形状色彩都很调和。看它们在寒窗下绿白相映，素艳可喜，谁相信这是官场中盛酒肉的东西？可是它们结合不到一个月，就要别离。为的是我要到石门湾去过阴历年，预期在缘缘堂住一个多月，希望把这水仙花带回去，看它开花才好。如何带法？颇费踌躇：叫工人阿毛拿了这盆水仙花乘火车，恐怕有人说阿毛提倡风雅；把他装进皮箱里，又不可能。于是阿毛提议："盘儿不要它，水仙花拔起来装在饼干箱里，携了上车，到家不过三四个钟头，不会旱杀的。"我通过了。水仙就与盘暂别，坐在饼干箱里旅行。回到家里，大家纷忙得很，我也忘记了水仙花。三天之后，阿毛突然说起，我猛然觉悟，找寻它的下落，原来被人当做饼干，搁在石灰甏上。连忙取出一看，绿叶憔悴，根须焦黄。阿毛说"勿碍"，立刻把它供养在家里旧有的水仙花盆中，又放些白糖在水里。幸而果然勿碍，过了几天它又欣欣向荣了。是为第一次遭的旱灾。

第二次遭的是水灾，其情形是这样：家里的水仙花盆中，原有许多色泽很美丽的雨花台石子。有一天早晨，被孩子们发现了，水仙花就遭殃：他们说石子里统是灰尘，埋怨阿毛不先将石子洗净，就代替他做这番工作。他们把水仙花拔起，暂时养在脸盆里，把石子倒在另一脸盆里，搬到墙角的太阳光中，给它们一一洗刷。雨花台石子浸着水，映着太阳光，光泽、色彩、花纹，都很美丽。有几颗可以使人想象起"通灵宝玉"来。

看的人越聚越多，孩子们尤多，女孩子最热心。她们把石子照形状分类，照色彩分类，照花纹分类；然后品评其好坏，给每块石子打起分数来；最后又利用其形色，用许多石子拼起图案来。图案拼好，她们自去吃年糕了；年糕吃好，她们又去踢毽子了；毽子踢好，她们又去散步了。直到晚上，阿毛在墙角发现了石子的图案，叫道："咦，水仙花哪里去了？"东寻西找，发现它横卧在花台边上的脸盆中，浑身浸在水里。自晨至晚，浸了十来个小时，绿叶已浸得发肿，发黑了！阿毛说"勿碍"，再叫小石子给它扶持，坐在水仙花盆中。是为第二次遭的水灾。

第三次遭的是冻灾，其情形是这样的：水仙花在缘缘堂里住了一个多月。其间春寒太甚，患难迭起。其生机被这些天灾人祸所阻抑，始终不能开花。直到我要离开缘缘堂的前一天，它还是含苞未放。我此去预定暮春回来，不见它开花又不甘心，以问阿毛。阿毛说："用绳子穿好，提了去！这回不致忘记了。"我赞成。于是水仙花倒悬在阿毛的手里旅行了。它到了我的寓中，仍旧坐在原配的盆里。雨水过了，不开花。惊蛰过了，又不开花。阿毛说："不晒太阳的缘故。"就掇到阳台上，请它晒太阳。今年春寒殊甚，阳台上虽有太阳光，同时也有料峭的东风，使人立脚不住。所以人都闭居在室内，从不走到阳台上去看水仙花。房间内少了一盆水仙花也没有人查问。直到次日清晨，阿毛叫了："啊哟！昨晚水仙花没有拿进来，冻杀了！"一看，盆内的水连底冻，敲也敲不开；水仙花里面的水分也冻，其鳞茎冻得像一块白石头，其叶子冻得像许多翡翠条。赶快拿进来，放在火炉边。久之久之，盆里的水溶了，花里的水也溶了；但是叶子很软，一条一条弯下来，叶尖儿垂在水面。阿毛说："乌者[1]。"我觉得的确有些儿"乌"，但是看它的花蕊还是笔挺地立着，想来生机没有完全丧尽，还有希望。以问阿毛，阿毛摇头，随后说："索性拿到灶间里去，暖些，我也可以常常顾到。"我赞成。垂死的水仙花就被从房中移到灶间。是为第三次遭的冻灾。

谁说水仙花清？它也像普通人一样，需要烟火气的。自从移入灶间之后，叶子渐渐抬起头来，花苞渐渐展开。今天花儿开得很好了！阿毛送它回来，我见了心中大快。此大快非仅为水仙花。人间的事，只要生机不灭，即使重遭天灾人祸，暂被阻抑，终有抬头的日子。个人的事如此，家庭的事如此，国家、民族的事也如此。

(1)　意为糟了。——编者注

大树根柢固　生机永不息
春来怒抽条　气象何蓬勃

唯有君家老松树　春风来似未曾来

严霜烈日皆经过　次第春风到草庐

借问过墙双蛱蝶　春光今在阿谁家

出游

恰逢人间好山水

出游

半篇莫干山游记

前天晚上，我九点钟就寝后，好像有什么求之不得似的只管辗转反侧，不能入睡。到了十二点钟模样，我假定已经睡过一夜，现在天亮了，正式地披衣下床，到案头来续写一篇将了未了的文稿。写到二点半钟，文稿居然写完了，但觉非常疲劳。就再假定已经度过一天，现在天夜了，再卸衣就寝。躺下身子就酣睡。

次日早晨还在酣睡的时候，听得耳边有人对我说话："Z先生[1]来了！Z先生来了！"是我姊的声音。我睡眼蒙眬地跳起身来，披衣下楼，来迎接Z先生。Z先生说："扰你清梦！"我说："本来早已起身了。昨天写完一篇文章，写到了后半夜，所以起得迟了。失迎失迎！"下面就是寒暄。他是昨夜到杭州的，

(1) 即谢先生，指谢颂羔。——编者注

免得夜间敲门，昨晚宿在旅馆里。今晨一早来看我，约我同到莫干山去访L先生[1]。他知道我昨晚写完了一篇文稿，今天可以放心地玩，欢喜无量，兴高采烈地叫："有缘！有缘！好像知道我今天要来的！"我也学他叫一遍："有缘！有缘！好像知道你今天要来的！"

我们寒暄过，喝过茶，吃过粥，就预备出门。我提议："你昨天到杭州已夜了。没有见过西湖，今天得先去望一望。"他说："我是生长在杭州的，西湖看腻了。我们就到莫干山吧。"但是，赴莫干山的汽车几点钟开，你知道吗？""我不知道。横竖汽车站不远，我们撞去看。有缘，便搭了去；倘要下午开，我们再去玩西湖。""也好，也好。"他提了带来的皮包，我空手，就出门了。

黄包车拉我们到汽车站。我们望见站内一个待车人也没有，只有一个站员从窗里探头出来，向我们慌张地问："你们到哪里？"我说："到莫干山，几点钟有车？"他不等我说完，用手指着卖票处乱叫："赶快买票，就要开了。"我望见里面的站门口，赴莫干山的车子已在咕噜咕噜地响了。我有些茫然：原来我以为这几天莫干山车子总是下午开的，现在不过来问钟点而已，所以空手出门，连速写簿都不曾携带。但现在真是"缘"

---

(1) 即李先生，指李圆净。——编者注

了，岂可错过？我便买票，匆匆地拉了Z先生上车。上了车，车子就向绿野中驶去。

坐定后，我们相视而笑。我知道他的话要来了。果然，他又兴高采烈地叫："有缘！有缘！我们迟到一分钟就赶不上了！"我附和他："多吃半碗粥就赶不上了！多撒一场尿就赶不上了！有缘！有缘！"车子声比我们的说话声更响，使我们不好多谈"有缘"，只能相视而笑。

开驶了约半点钟，忽然车头上"嗤"地一声响，车子就在无边的绿野中间的一条黄沙路上停下了。司机叫一声"葛娘[1]！"跳下去看。乘客中有人低声地说："毛病了！"司机和卖票人观察了车头之后，交互地连叫"葛娘！葛娘！"我们就知道车子的确有毛病了。许多乘客纷纷地起身下车，大家围集到车头边去看，同时问司机："车子怎么了？"司机说："车头底下的螺旋钉落脱了！"说着向车子后面的路上找了一会，然后负着手站在黄沙路旁，向绿野中眺望，样子像个"雅人"。乘客赶上去问他："喂，究竟怎么了！车子还可以开否？"他回转头来，沉下了脸孔说："开不动了！"乘客喧哗起来："抛锚了！这怎么办呢？"有的人向四周的绿野环视一周，苦笑着叫："今天要在这里便中饭了！"咕噜咕噜了一阵之后，有人把正在看

(1) 江南一带的骂人话。——编者注

风景的司机拉转来，用代表乘客的态度，向他正式质问善后办法：“喂！那么怎么办呢？你可不可以修好它？难道把我们放生了？”另一个人就去拉司机的臂：“嗳！你去修吧！你去修吧！总要给我们开走的。”但司机摇摇头，说：“螺旋钉落脱了，没有法子修的。等有来车时，托他们带信到厂里去派人来修吧。总不会叫你们来这里过夜的。”乘客们听见“过夜”两字，心知这抛锚非同小可，至少要耽搁几个钟头了，又是咕噜咕噜了一阵。然而司机只管向绿野看风景，他们也无可奈何他。于是大家懒洋洋地走散去。许多人一边踱，一边骂司机，用手指着他说：“他不会修的，他只会开开的，饭桶！”那“饭桶”最初由他们笑骂，后来远而避之，一步一步地走进路旁的绿荫中，或“矫首而遐观”，或“抚孤松而盘桓”，态度越悠闲了。

等着了回杭州的汽车，托他们带信到厂里，由厂里派机器司务来修，直到修好，重开，其间约有两小时之久。在这两小时间，荒郊的路上演出了恐怕是从来未有的热闹。各种服装的乘客——商人、工人、洋装客、摩登女郎、老太太、小孩、穿制服的学生、穿军装的兵，还有外国人——在这抛了锚的公共汽车的四周低徊巡游，好像是各阶级派到民间来复兴农村的代表。最初大家站在车身旁边，好像群儿舍不得母亲似的。有的人把车头抚摩一下，叹一口气；有的人用脚在车轮上踢几下，骂它一声；有的人俯下身子来观察车头下面缺了螺旋钉的地方，又向别处检探，似乎想捡出一个螺旋钉来，立即配上，使它重新驶行。最好笑的是那个兵，他带着手枪雄纠纠地站在车旁，愤愤地骂，似乎想拔出手枪来强迫车子走路。然而他似乎知道手枪要不过螺旋钉，终于没有拔出来，只是骂了几声“妈的”。那公共汽车老大不才地站在路边，任人骂它“葛娘”或“妈的”，只是默然。好像自知有罪，被人辱及娘或妈也只得忍受了。它的外形还是照旧，尖尖的头，矮矮的四脚，庞然的大肚皮，外加簇新的黄外套，样子神气活现。然而为了内部缺少了小指头大的一只螺旋钉，竟暴卒在荒野中的路旁，任人辱骂！

乘客们骂过一会之后，似乎悟到了骂死尸是没用的。大家向四野走开去。有的赏风景，有的讲地势，有的从容地蹲在田间大便，一时间光景大变，似乎大家忘记了车子抛锚的事件，变成 picnic[郊游] 的一群。我和 Z 先生原是来玩玩的，万事随缘，一向不觉得惘怅。我们望见两个时髦的都会之客走到路边的朴陋的茅屋边，映成强烈的对照，便也走到茅屋旁边去参观。Z 先生的话又来了：“这也是缘！这也是缘！不然，我们哪得参观这些茅屋的机会呢？”他就同闲坐在茅屋门口的老妇人攀谈起来。

“你们这里有几份人家？”

“就是我们两家。”

“那么，你们出市很不便，到哪里去买东西呢？”

“出市要到两三里外的 ××。但是我们不大要买东西。乡下人有得吃些就算了。”

“这是什么树？”

“樱桃树，前年种的，今年已有果子吃了。你看，枝头上已经结了不少。”

我和Z先生就走过去观赏她家门前的樱桃树。看见青色的小粒子果然已经累累满枝了，大家赞叹起来。我只吃过红了的樱桃，不曾见过枝头上青青的樱桃。只知道“红了樱桃，绿了芭蕉”的颜色对照的鲜美，不知道樱桃是怎样红起来的。一个月后都市里绮窗下洋瓷盆里盛着的鲜丽的果品，想不到就是在这种荒村里茅屋前的枝头上由青青的小粒子守红来的。我又惦记起故乡缘缘堂来。前年我在堂前手植一株小樱桃树，去年夏天枝叶甚茂，却没有结子。今年此刻或许也有青青的小粒子缀在枝头上了。我无端地离去了缘缘堂来做杭州的寓公，觉得有些对它们不起。然而幸亏如此，缘缘堂和小樱桃现在能给我甘美的回忆。倘然一天到晚摆在我的眼前，恐怕不会给我这样的好感了。这是我的弱点，也是许多人共有的弱点。也许不是弱点，是人类习性之一，不在目前的状况比目前的状况可喜；或是美的条件之一，想象比现实更美。我出神地对着樱桃树沉思，不知这期间Z先生和那老妇人谈了些什么话。

原来他们已谈得同旧相识一般，那老妇人邀我们到她家去坐了。我们没有进去，但站在门口参观她的家。因为站在门口已可一目了然地看见她的家里，没有再进去的必要了。她家里一灶、一床、一桌，和几条长凳，还有些日用上少不得的零零碎碎的物件。一切公开，不大有隐藏的地方。衣裳穿在身上了，这里所有的都是吃和住所需要的最起码的设备，除此以外并无一件看看的或玩玩的东西。我对此又想起了自己的家里来。虽然我在杭州所租的是连家具的房子，打算暂住的，但和这老妇人的永远之家比较起来，设备复杂得不可言。我们要有写字桌，有椅子，有玻璃窗，有阳台，有电灯，有书，有文具，还要有壁上装饰的书画，真是太噜苏了！近年来厉行躬自薄而厚遇于人的Z先生看了这老妇人之家，也十分叹佩。因此我又想起了某人题行脚头陀图像的两句："一切非我有，放胆而走。"这老妇人之家究竟还"有"，所以还少不了这扇柴门，还不能放胆而走。只能使度着噜苏的生活的我和Z先生看了十分叹佩而已。实际，我们的生活在中国总算是噜苏的了。据我在故乡所见，农人、工人之家，除了衣食住的起码设备以外，极少有赘余的东西。我们一乡之中，这样的人家占大多数。我们一国之中，这样的乡镇又占大多数。我们是在大多数简陋生活的人中度着噜苏生活的人；享用了这些噜苏的供给的人，对于世间有什么相当的贡献呢？我们这国家的基础，还是建设在大多数简陋生活的工农上面的。

望见抛锚的汽车旁边又有人围集起来了，我们就辞了老妇人走到车旁。原来没有消息，只是乘客等得厌倦，回到车边来再骂脱几声，以解烦闷。有的人正在责问司机：“为什么机器司务还不来？”“你为什么不乘了他们的汽车到站头上去打电话？快得多哩！”但司机没有什么话回答，只是向那条漫漫的长路的杭州方面的一端盼望了一下。许多乘客大家时时向这方面盼望，正像大旱之望云霓。我也跟着众人向这条路上盼望了几下。那“青天漫漫覆长路”的印象，到现在还历历在目，可以画得出来。那时我们所盼望的是一架小汽车，载着一个精明干练的机器司务，带了一包螺旋钉和修理工具，从地平线上飞驰而来；立刻把病车修好，载了乘客重登前程。我们好比遭了难的船漂泊在大海中，渴望着救生船的来到。我觉得我们有些惭愧：同样是人，我们只能坐坐的，司机只能开开的。

久之，久之，彼方的地平线上涌出一黑点，渐渐地大起来。“来了！来了！”我们这里发出一阵愉快的叫声。然而开来的是一辆极漂亮的新式小汽车，飞也似的通过了我们这病车之旁而长逝。只留下些汽油气和香水气给我们闻闻。我们目送了这辆“油壁香车”之后，再回转头来盼望我们的黑点。久之，久之，地平线上果然又涌出了一个黑点。“这回一定是了！”有人这样叫，大家伸长了脖子翘盼。但是司机说：“不是，是长兴班。”果然那黑点渐大起来，变成了黄点，又变成了一辆公共汽车而停在我们这病车的后面了。这是司机唤他们停的。他问他们有没有救我们的方法，可不可以先分载几个客人去。那车上的司机下车来给我们的病车诊察了一下，摇摇头上车去。许多客人想拥上这车去，然而车中满满的，没有一个空座位，都被拒绝出来。那卖票的把门一关，立刻开走。车中的人从玻璃窗内笑着回顾我们。我们呢，站在黄沙路边上蹙着眉头目送他们，莫得同车归，自己觉得怪可怜的。

后来终于盼到了我们的救星。来的是一辆破旧不堪的小篷车。里面走出一个浑身龌龊的人来。他穿着一套连裤的蓝布的工人服装，满身是油污。头戴一顶没有束带的灰色呢帽，脸色青白而处处涂着油污，望去与呢帽分别不出。脚上穿一双橡皮底的大皮鞋，手中提着一只荷包。他下了篷车，大踏步走向我们的病车头上来。大家让他路，表示起敬。又跟了他到车头前去看他显本领。他到车头前就把身体仰卧在地上，把头钻进车底下去。我在车边望去，看到的仿佛是汽车闯祸时的可怕的样子。过了一会他钻出来，立起身来，摇摇头说："没有这种螺旋钉。带来的都配不上。"乘客和司机都着起急来："怎么办呢？你为什么不多带几种来？"他又摇摇头说："这种螺旋钉厂里也没有，要定做的。"听见这话的人都慌张了。有几个人几乎哭得出来。然而机器司务忽然计上心来。他对司机说："用木头做！"司机哭丧着脸说："木头呢？刀呢？你又没带来。"机器司务向四野一望，断然地说道："同老百姓想法！"就放下手中的荷包，径奔向那两间茅屋。他借了一把厨刀和一根硬柴回来，就在车头旁边削起来。茅屋里的老妇人另拿一根硬柴走过来，说怕那根是空心的，用不得，所以再送一根来。机器司务削了几刀之后，果然发现他拿的一根是空心的，就改用了老妇人手里的一根。这时候打了圈子监视着的乘客，似乎大家感谢机器司务和那老妇人。衣服丽都或身带手枪的乘客，在这时候只得求教于这个龌龊的工人；堂皇的杭州汽车厂，在这时候只得乞助于荒村中的老妇人；物质文明极盛的都市里开来的汽车，在这时候也要向这起码设备的茅屋里去借用工具。乘客靠司机，司机靠机器司务，机器司务终于靠老百姓。

机器司务用茅屋里的老妇人所供给的工具和材料，做成了一只代用的螺旋钉，装在我们的病车上，病果然被他治愈了。于是司机又高高地坐到他那主席的座位上，开起车来；乘客们也纷纷上车，各就原位，安居乐业，车子立刻向前驶行。这时候春风扑面，春光映目，大家得意扬扬地观赏前途的风景，不再想起那龌龊的机器司务和那茅屋里的老妇人了。

我同Z先生于下午安抵朋友L先生的家里，玩了数天回杭。本想写一篇“莫干山游记”，然而回想起来，觉得只有去时途中的一段可以记述，就在题目上加了“半篇”两字。

廿四[1935]年四月二十二日于杭州

长亭树老阅人多

此造物者之无尽藏也

出游

山中避雨

前天同了两女孩到西湖山中游玩，天忽下雨。我们仓皇奔走，看见前方有一小庙，庙门口有三家村，其中一家是开小茶店而带卖香烛的。我们趋之如归。茶店虽小，茶也要一角钱一壶。但在这时候，即使两角钱一壶，我们也不嫌贵了。

茶越冲越淡，雨越落越大。最初因游山遇雨，觉得扫兴；这时候山中阻雨的一种寂寥而深沉的趣味牵引了我的感兴，反觉得比晴天游山趣味更好。所谓“山色空蒙雨亦奇”，我于此体会了这种境界的好处。然而两个女孩子不解这种趣味，她们坐在这小茶店里躲雨，只是怨天尤人，苦闷万状。我无法把我所体验的境界为她们说明，也不愿使她们“大人化”而体验我所感的趣味。

茶博士坐在门口拉胡琴。除雨声外，这是我们当时所闻的唯一的声音。拉的是《梅花三弄》，虽然声音摸得不大正确，拍子还拉得不错。这好像是因为顾客稀少，他坐在门口拉这曲胡琴来代替收音机做广告的。可惜他拉了一会就罢，使我们所闻的只是嘈杂而冗长的雨声。为了安慰两个女孩子，我就去向茶博士借胡琴。“你的胡琴借我弄弄好不好？”他很客气地把胡琴递给我。

我借了胡琴回茶店，两个女孩很欢喜。“你会拉的？你会拉的？”我就拉给她们看。手法虽生，音阶还摸得准。因为我小时候曾经请我家邻近的柴主人阿庆教过《梅花三弄》，又请对面弄内一个裁缝司务大汉教过胡琴上的工尺。阿庆的教法很特别，他只是拉《梅花三弄》给你听，却不教你工尺的曲谱。他拉得很熟，但他不知工尺。我对他的拉奏望洋兴叹，始终学他不来。后来知道大汉识字，就请教他。他把小工调、正工调的音阶位置写了一张纸给我，我的胡琴拉奏由此入门。现在所以能够摸出正确的音阶者，一半由于以前略有摸 violin[小提琴] 的经验，一半仍是根基于大汉的教授的。在山中小茶店里的雨窗下，我用胡琴从容地（因为快了要拉错）拉了种种西洋小曲。两女孩和着了歌唱，好像是西湖上卖唱的，引得三家村里的人都来看。一个女孩唱着《渔光曲》，要我用胡琴去和她。我和着她拉，三家村里的青年们也齐唱起来，一时把这苦雨荒山闹得十分温暖。我曾经吃过七八年音乐教师饭，曾经用 piano[钢琴]伴奏过混声四部合唱，曾经弹过Beethoven[贝多芬]的sonata[奏鸣曲]。但是有生以来，没有尝过今日般的音乐的趣味。

两部空黄包车拉过，被我们雇定了。我付了茶钱，还了胡琴，辞别三家村的青年们，坐上车子。油布遮盖我面前，看不见雨景。我回味刚才的经验，觉得胡琴这种乐器很有意思。piano笨重如棺材，violin要数十百元一具，制造虽精，世间有几人能够享用呢？胡琴只要两三角钱一把，虽然音域没有violin之广，也尽够演奏寻常小曲。虽然音色不比violin优美，装配得法，其发音也还可听。这种乐器在我国民间很流行，剃头店里有之，裁缝店里有之，江北船上有之，三家村里有之。倘能多造几个简易而高尚的胡琴曲，使像《渔光曲》一般流行于民间，其艺术陶冶的效果，恐比学校的音乐课广大得多呢。我离去三家村时，村里的青年们都送我上车，表示惜别。我也觉得有些儿依依。（曾经搪塞他们说："下星期再来！"其实恐怕我此生不会再到这三家村里去吃茶且拉胡琴了。）若没有胡琴的因缘，三家村里的青年对于我这路人有何惜别之情，而我又有何依依于这些萍水相逢的人呢？古语云："乐以教和。"我做了七八年音乐教师没有实证过这句话，不料这天在这荒村中实证了。

廿四[1935]年秋日作

不畏浮云遮望眼　自缘身在最高层

豁然开朗

渐入佳境

出游

不肯去观音院

普陀山，是舟山群岛中的一个岛，岛上寺院甚多，自古以来是佛教胜地，香火不绝。浙江人有一句老话：“行一善事，比南海普陀去烧香更好。”可知南海普陀去烧香是一大功德。因为古代没有汽船，只有帆船；而渡海到普陀岛，风浪甚大，旅途艰苦，所以功德很大。现在有了汽船，交通很方便了，但一般信佛的老太太依旧认为渡海是一大功德。

我赴宁波旅行写生，因见春光明媚，又觉身体健好，游兴浓厚，便不肯回上海，却转赴普陀去“借佛游春”了。我童年时到过普陀，屈指计算，已有五十年不曾重游了。事隔半个世纪，加之以新中国成立后普陀寺庙都修理得崭新，所以重游竟同初游一样，印象非常新鲜。

我从宁波乘船到定海，行程三小时；从定海坐汽车到沈家门，五十分钟；再从沈家门乘轮船到普陀，只费半小时。其时正值二月十九观世音菩萨生日，香客非常热闹，买香烛要排队，各寺院客房客满。但我不住寺院，住在定海专署所办的招待所中，倒很清静。

我游了四个主要的寺院：前寺、后寺、佛顶山、紫竹林。前寺是普陀的领导寺院，殿宇最为高大。后寺略小而设备庄严，千年以上的古木甚多。佛顶山有一千多石级，山顶常没在云雾中，登楼可以俯瞰普陀全岛，遥望东洋大海。紫竹林位在海边，屋宇较小，内供观音，住居者尽是尼僧；近旁有潮音洞，每逢潮涨，涛声异常洪亮。寺后有竹林，竹竿皆紫色。我曾折了一根细枝，藏在衣袋里，带回去作纪念品。这四个寺院都有悠久的历史，都有名贵的古物。我曾经参观两只极大的饭锅，每锅可容八九担米，可供千人吃饭，故名曰“千人锅”。我用手杖量量，其直径约有两手杖。我又参观了一只七千斤重的钟，其声宏大悠久，全山可以听见。

这四个主要寺院中，紫竹林比较的最为低小，然而它的历史在全山最为悠久，是普陀最初的一个寺院。而且这开国元勋与日本人有关。有一个故事，是紫竹林的一个尼僧告诉我的，她还有一篇记载挂在客厅里呢。这故事是这样：

千余年前，后梁时代，即公历九百年左右，日本有一位高僧，名叫慧锷的，乘帆船来华，到五台山请得了一位观世音菩萨像，将载回日本去供养。那帆船开到莲花洋地方，忽然开不动了。这慧锷法师就向观音菩萨祷告：“菩萨如果不肯到日本去，随便菩萨要到哪里，我和尚就跟到哪里，终身供养。”祷告毕，帆船果然开动了。随风漂泊，一直来到了普陀岛的潮音洞旁边。慧锷法师便捧菩萨像登陆。此时普陀全无寺院，只有居民。有一个姓张的居民，知道日本僧人从五台山请观音来此，就捐献几间房屋，给他供养观音像。又替这房屋取个名字，叫做“不肯去观音院”。慧锷法师就在这不肯去观音院内终老。这不肯去观音院是普陀第一所寺院，是紫竹林的前身。紫竹林这名字是后来改的。有一个人为不肯去观音院题一首诗：

借问观世音，因何不肯去？
为渡大中华，有缘来此地。

如此看来，普陀这千余年来的佛教名胜之地，是由日本人创始的。可见中日两国人民自古就互相交往，具有密切的关系。我此次出游，在宁波天童寺想起了五百年前在此寺作画的雪舟，在普陀又听到了创造寺院的慧锷。一次旅行，遇到了两件与日本有关的事情，这也可证明中日两国人民关系之多了。不仅古代而已，现在也是如此。我经过定海，参观渔场时，听见渔民说起：近年来海面常有飓风暴发，将渔船吹到日本，日本的渔民就招待这些中国渔民，等到风息之后护送他们回到定海。有时日本的渔船也被飓风吹到中国来，中国的渔民也招待他们，护送他们回国。劳动人民本来是一家人。

不肯去观音院左旁，海边上有很长、很广、很平的沙滩。较小的一处叫做“百步沙”，较大的一处叫做“千步沙”。潮水不来时，我们就在沙上行走。脚踏到沙上，软绵绵的，比踏在芳草地上更加舒服。走了一阵，回头望望，看见自己的足迹连成一根长长的线，把平净如镜的沙面划破，似觉很可惜的。沙地上常有各种各样的贝壳，同游的人大家寻找拾集，我也拾了一个藏在衣袋里，带回去作纪念品。为了拾贝壳，把一片平沙踩得破破烂烂，很对它不起。然而第二天再来看看，依旧平净如镜，一点伤痕也没有了。我对这些沙滩颇感兴趣，不亚于四大寺院。

离开普陀山，我在路途中作了两首诗，记录在下面：

一别名山五十春，重游佛顶喜新晴。
东风吹起千岩浪，好似长征奏凯声。

寺寺烧香拜跪勤，庄严宝岛气氤氲。
观音颔首弥陀笑，喜见群生乐太平。

回到家里，摸摸衣袋，发现一个贝壳和一根紫竹，联想起了普陀的不肯去观音院，便写这篇随笔。

一九六三年清明时节于上海

落日放船好

长堤树老阅人多

出游

桂林的山

“桂林山水甲天下”，我没有到桂林时，早已听见这句话。我预先问问到过的人：“究竟有怎样的好？”到过的人回答我，大都说是“奇妙之极，天下少有”。这正是武汉疏散人口，我从汉口返长沙，准备携眷逃桂林的时候。抗战节节失利，我们逃难的人席不暇暖，好容易逃到汉口，又要逃桂林去。对于山水，实在无心欣赏，只是偶然带便问问而已。然而百忙之中，必有一闲。我在这一闲的时间想象桂林的山水，假定它比杭州还优秀。不然，何以可称为“甲天下”呢？

我们一家十人，加了张梓生先生家四五人，合包一辆大汽车，从长沙出发到桂林，车资是二百七十元。经过了衡阳、零陵、邵阳，入广西境。闻名已久的桂林山水，果然在二十七[1938]年六月二十四日下午展开在我的眼前。初见时，印象很新鲜。那些山都拔地而起，好像西湖的庄子内的石笋，不过形状庞大，这令人想起古画中的远峰，又令人想起“天外三峰削不成”的诗句。至于水，漓江的绿波，比西湖的水更绿，果然可爱。我初到桂林，心满意足，以为流离中能得这样山明水秀的一个地方来托庇，也是不幸中之大幸。开明书店的陆联棠经理，替我租定了马皇背（街名）的三间平房，又替我买些竹器。竹椅、竹凳、竹床，十人所用，一共花了五十八块桂币。桂币的价值比法币低一半，两块桂币换一块法币。五十八块桂币就是二十九块法币。我们到广西，弄不清楚，曾经几次误将法币当做桂币用。后来留心，买物付钱必打对折。打惯了对折，看见任何数目字都想打对折。我们是六月二十四日到桂林的。后来别人问我哪天到的，我回答“六月二十四日”之后，几乎想补充一句：“就是三月十二日呀！”

汉口沦陷，广州失守之后，桂林也成了敌人空袭的目标，我们常常逃警报。防空洞是天然的，到处皆有，就在那拔地而起的山的脚下。因了逃警报，我对桂林的山愈加亲近了。桂林的山的性格，我愈加认识清楚了。我渐渐觉得这些不是山，而是大石笋。因为不但拔地而起，与地面成九十度角，而且都是青灰色的童山，毫无一点树木或花草。久而久之，我觉得桂林竟是一片平原，并无有山，只是四围种着许多大石笋，比西湖的庄子里的更大更多而已。我对于这些大石笋，渐渐地看厌了。

庭院中布置石笋，数目不多，可以点缀风景；但我们的“桂林”这个大庭院，布置的石笋太多，触目皆是，岂不令人生厌。我有时遥望群峰，想象它们是一只大动物的牙齿，有时望见一带尖峰，又想起小时候在寺庙里的十殿阎王的壁画中所见的尖刀山。假若天空中掉下一个巨人来，掉在这些尖峰上，一定会穿胸破肚，鲜血淋漓，同十殿阎王中所绘的一样。这种想象，使我渐渐厌恶桂林的山。这些时候听到“桂林山水甲天下”这句盛誉，我的感想与前大异：我觉得桂林的特色是“奇”，却不能称“甲”，因为“甲”有十全十美的意思，是总平均分数。桂林的山在天下的风景中，决不是十全十美。其总平均分数决不是“甲”。世人往往把“美”与“奇”两字混在一起，搅不清楚，其实奇是罕有少见，不一定美。美是具足圆满，不一定需要奇。三头六臂的人，可谓奇矣，但是谈不到美。天真烂漫的小孩，可为美矣，但是并不稀奇。桂林的山，奇而不美，正同三头六臂的人一样。我是爱画的人，我到桂林，人都说“得其所哉”，意思是桂林山水甲天下，可以入我的画。这使我想起了许多可笑的事：有一次有人报告我：“你的好画材来了，那边有一个人，身长不满三尺，而须长有三四寸。”我跑去一看，原来是做戏法的人带来的一个侏儒。这男子身体不过同桌子面高，而头部是个老人。对这残废者，我只觉得惊骇与怜悯，哪有心情欣赏他的“奇”，更谈不到美与画了。又有一次到野外写生，遇见一个相识的人，他自言熟悉当地风物，好意引导我去探寻美景，他说：“最美的风景在那边，你跟我来！”我跟了他跋山涉水，走得十分疲劳，好容易走到了他的目的地。原来有一株老树，不知遭了什么劫，本身横卧在地，而枝叶依旧欣欣向上。我率直地说：“这难看死了！我不要画。”其人大为扫兴，我倒觉得可惜。可惜的是他引导我来此时，一路上有不少平凡而美丽的风景，我不曾写得。而他所谓美，其实是奇。美其所美，非吾所谓美也。这样的事，我所经历的不少。桂林的山，便是其中之一。

篆文的山字，是三个近乎三角形的东西。古人造象形字煞费苦心，以最简单的笔画，表出最重要的特点。像女字、手字、木字、草字、鳥字、馬字、山字、水字等，每一个字是一幅速写画。而山因为望去形似平面，故造出的象形字的模样，尤为简明。从这字上，可知模范的山，是近于三角形的，不是石笋形的；可知桂林的山，不是模范的山，只是山之一种——奇特的山。古语说：“仁者乐山，智者乐水”，则又可知周围山水对于人的性格很有影响。桂林的奇特的山，给广西人一种奇特的性格，勇往直前，百折不挠，而且短刀直入，率直痛快。广西省政治办得好，有模范省之称，正是环境的影响；广西产武人，多名将，也是拔地而起的山的影响。但是讲到风景的美，则广西还是不参加为是。

“桂林山水甲天下”，本来没有说“美甲天下”。不过讲到山水，最容易注目其美，因此使桂林受不了这句盛誉。若改为“桂林山水天下奇”，则庶几近情了。

卅六 [1947] 年三月七日于杭州

青山不识我姓氏　我亦不识青山名
飞来白鸟似相识　对我对山三两声

青山个个伸头看　看我庵中吃苦茶

出游

黄山印象

看山，普通总是仰起头来看的。然而黄山不同，常常要低下头去看。因为黄山是群山，登上一个高峰，就可俯瞰群山。这教人想起杜甫的诗句“会当凌绝顶，一览众山小！”而精神为之兴奋，胸襟为之开朗。我在黄山盘桓了十多天，登过紫云峰、立马峰、天都峰、玉屏峰、光明顶、狮子林、眉毛峰等山，常常爬到绝顶，有如苏东坡游赤壁的“履巉岩，披蒙茸，踞虎豹，登虬龙，攀栖鹘之危巢，俯冯夷之幽宫”。

在黄山中，不但要低头看山，还要面面看山。因为方向一改变，山的样子就不同，有时竟完全两样。例如从玉屏峰望天都峰，看见旁边一个峰顶上有一块石头很像一只松鼠，正在向天都峰跳过去的样子。这景致就叫“松鼠跳天都”。然而爬到天都峰上望去，这松鼠却变成了一双鞋子。又如手掌峰，从某角度望去竟像一个手掌，五根手指很分明。然而峰回路转，这手掌就变成了一个拳头。他如“罗汉拜观音”“仙人下棋”“喜鹊登梅”“梦笔生花”“鳌鱼驼金龟”等景致，也都随时改样，变幻无定。如果我是个好事者，不难替这些石山新造出几十个名目来，让导游人增加些讲解资料。然而我没有这种雅兴，却听到别人新取了两个很好的名目：有一次我们从西海门凭栏俯瞰，但见无数石山拔地而起，真像万笏朝天；其中有一个石山由许多方形石块堆积起来，竟同玩具中的积木一样，使人不相信是天生的，而疑心是人工的。导游人告诉我：有一个上海来的游客，替这石山取个名目，叫做“国际饭店”。我一看，果然很像上海南京路上的国际饭店。有人说这名目太俗气，欠古雅。我却觉得有一种现实的美感，比古雅更美。又有一次，我们登光明顶，望见东海（这海是指云海）上有一个高峰，腰间有一个缺口，缺口里有一块石头，很像一只蹲着的青蛙。气象台里有一个青年工作人员告诉我：他们自己替这景致取一个名目，叫做“青蛙跳东海”。我一看，果然很像一只青蛙将要跳到东海里去的样子。这名目取得很适当。

翻山过岭了好几天，最后逶迤下山，到云谷寺投宿。这云谷寺位在群山之间的一个谷中。由此再爬过一个眉毛峰，就可以回到黄山宾馆而结束游程了。我这天傍晚到达了云谷寺，发生了一种特殊的感觉，觉得心情和过去几天完全不同。起初想不出其所以然，后来仔细探索，方才明白原因：原来云谷寺位在较低的山谷中，开门见山，而这山高得很，用“万丈”“插云”等语来形容似乎还嫌不够，简直可用“凌霄”“逼天”等字眼。因此我看山必须仰起头来。古语云“高山仰止”，可见仰起头来看山是正常的，而低下头去看山是异常的。我一到云谷寺就发生一种特殊的感觉，便是因为在好几天异常之后突然恢复正常的原故。这时候我觉得异常固然可喜，但是正常更为可爱。我躺在云谷寺宿舍门前的藤椅里，卧看山景，但见一向异常地躺在我脚下的白云，现在正常地浮在我头上了，觉得很自然。它们无心出岫，随意来往；有时冉冉而降，似乎要闯进寺里来访问我的样子。我便想起某古人的诗句：“白云无事常来往，莫怪山僧不送迎。”好诗句啊！然而叫我做这山僧，一定闭门不纳，因为白云这东西是很潮湿的。

此外也许还有一个原因：云谷寺是旧式房子，三开间的楼屋。我们住在楼下左右两间里，中央一间作为客堂；廊下很宽，布设桌椅，可以随意起卧，品茗谈话，饮酒看山，比过去所住的文殊院、北海宾馆、黄山宾馆趣味好得多。文殊院是石造二层楼屋，房间像轮船里的房舱或火车里的卧车：约一方丈大小的房间，中央开门，左右两床相对，中间靠窗设一小桌，每间都是如此。北海宾馆建筑宏壮，房间较大，但也是集体宿舍式的：中央一条走廊，两旁两排房间，间间相似。黄山宾馆建筑尤为富丽堂皇，同上海的国际饭店、锦江饭店等差不多。两宾馆都有同上海一样的卫生设备。这些房屋居住固然舒服，然而太刻板，太洋化；住得长久了，觉得仿佛关在笼子里。云谷寺就没有这种感觉，不像旅馆，却像人家家里，有亲切温暖之感和自然之趣。因此我一到云谷寺就发生一种特殊的感觉。云谷寺倘能添置卫生设备，采用些西式建筑的优点：两宾馆的建筑倘能采用中国方式，而加西洋设备，使外为中用，那才是我所理想的旅舍了。

这又使我回想起杭州的一家西菜馆的事，附说在此：此次我游黄山，道经杭州，曾经到一个西菜馆里去吃一餐午饭。这菜馆采用西式的分食办法，但不用刀叉而用中国的筷子。这办法好极。原来中国的合食是不好的办法，各人的唾液都可能由筷子带进菜碗里，拌匀了请大家吃。西洋的分食办法就没有这弊端，很应该采用。然而西洋的刀叉，中国人实在用不惯，我们还是用筷子便当。这西菜馆能采取中西之长，创造新办法，非常合理，很可赞佩。当时我看见座上多半是农民，就恍然大悟：农民最不惯用刀叉，这合理的新办法显然是农民教他们创造的。

一九六一年五月二十日于上海记

山高月小　水落石出

水光山色与人亲

出游

黄山松

没有到过黄山之前，常常听人说黄山的松树有特色。特色是什么呢？听别人描摹，总不得要领。所谓“黄山松”，一向在我脑际留下一个模糊的概念而已。这次我亲自上黄山，亲眼看到黄山松，这概念方才明确起来。据我所看到的，黄山松有三种特色：

第一，黄山的松树大都生在石上。虽然也有生在较平的地上的，然而大多数是长在石山上的。我的黄山诗中有一句：“苍松石上生。”石上生，原是诗中的话；散文地说，该是石罅生，或石缝生。石头如果是囫囵的，上面总长不出松树来；一定有一条缝，松树才能扎根在石缝里。石缝里有没有养料呢？我觉得很奇怪。生物学家一定有科学的解说；我却只有臆测：《本草纲目》里有一种药叫做“石髓”。李时珍说：“《列仙传》言邛疏煮石髓。”可知石头也有养分。黄山的松树也许是吃石髓而长大起来的吧？长得那么苍翠、那么坚劲、那么窈窕，真是不可思议啊！更有不可思议的呢：文殊院窗前有一株松树，由于石头崩裂，松根一大半长在空中，像须蔓一般摇曳着。而这株松树照样长得郁郁苍苍、娉娉婷婷。这样看来，黄山的松树不一定要餐石髓，似乎呼吸空气，呼吸雨露和阳光，也会长大的。这真是一种生命力顽强的生物啊！

第二个特色，黄山松的枝条大都向左右平伸，或向下倒生，极少有向上生的。一般树枝，绝大多数是向上生的，除非柳条挂下去。然而柳条是软弱的，地心吸力强迫它挂下去，不是它自己发心向下挂的。黄山松的枝条挺秀坚劲，然而绝大多数像电线木上的横木一般向左右生，或者像人的手臂一般向下生。黄山松更有一种奇特的姿态：如果这株松树长在悬崖旁边，一面靠近岩壁，一面向着空中，那么它的枝条就全部向空中生长，靠岩壁的一面一根枝条也不生。这姿态就很奇特，好像一个很疏的木梳，又像学习的“习”字。显然，它不肯面壁，不肯置身丘壑中，而一心倾向着阳光。

第三个特色，黄山松的枝条具有异常强大的团结力。狮子林附近有一株松树，叫做“团结松”。五六根枝条从近根的地方生出来，密切地偎傍着向上生长，到了高处才向四面分散，长出松针来。因此这一束树枝就变成了树干，形似希腊殿堂的一种柱子。我谛视这树干，想象它们初生时的状态：五六根枝条怎么会合伙呢？大概它们知道团结就是力量，可以抵抗高山上的风吹、雨打和雪压，所以生成这个样子。如今这株团结松已经长得很粗、很高。我伸手摸摸它的树干，觉得像铁铸的一般。即使十二级台风、漫天大雪，也动弹它不了。更有团结力强得不可思议的松树呢：从文殊院到光明顶的途中，有一株松树，叫做“蒲团松”。这株松树长在山间的一小块平坡上，前面的砂土上筑着石围墙，足见这株树是一向被人重视的。树干不很高，不过一二丈，粗细不过合抱光景。上面的枝条向四面八方水平放射，每根都伸得极长，足有树干的高度的两倍。这就是说：全体像个“丁”字，但上面一划的长度大约相当于下面一直的长度的四倍。这一划上面长着丛密的松针，软绵绵得好像一个大蒲团，上面可以坐四五个人。靠近山的一面的枝条，梢头略微向下。下面正好有一个小阜，和枝条的梢头相距不过一二尺。人要坐这蒲团，可以走到这小阜上，攀着枝条，慢慢地爬上去。陪我上山的向导告诉我：“上面可以睡觉的，同沙发床一样。”我不愿坐轿，单请一个向导和一个服务员陪伴着，步行上山，两腿走得相当吃力了，很想爬到这蒲团上去睡一觉。然而我们这一天要上光明顶，赴狮子林，前程远大，不宜耽搁；只得想象地在这蒲团上坐坐，躺躺，就鼓起干劲，向光明顶迈步前进了。

一九六一年五月十日记

仰之弥高

踏青挑菜

好鸟枝头亦朋友

山到成名毕竟高

天涯静处无征战　兵气销为日月光

学 习

好花时节不闲身

学习

学画回忆

假如有人探寻我儿时的事，为我作传记或讣启，可以为我说得极漂亮：“七岁入塾即擅长丹青。课余常摹古人笔意，写人物花鸟之图，以为游戏。同塾年长诸生竞欲乞得其作品而珍藏之，甚至争夺殴打。师闻其事，命出画观之，不信，谓之曰：‘汝真能画，立为我作至圣先师孔子像！不成，当受罚。’某从容研墨伸纸，挥毫立就，神颖毕然。师弃戒尺于地，叹曰：‘吾无以教汝矣！’遂装裱其画，悬诸塾中，命诸生朝夕礼拜焉。于是亲友竞乞其画像，所作无不惟妙惟肖……”百年后的人读了这段记载，便会赞叹道：“七岁就有作品，真是天才、神童！”

朋友来信，要我写关于儿时学画的回忆的话。我就根据上面的一段话写些吧。上面的话都是事实，不过欠详明些，宜解释之如下：

我七八岁时——到底是七岁或八岁，现在记不清楚了。但都可以说，说得小了可说是照外国算法的；说得大了可说是照中国算法的。——入私塾，先读《三字经》，后来又读《千家诗》。《千家诗》每页上端有一幅木板画，记得第一幅画的是一只大象和一个人，在那里耕田，后来我知道这是二十四孝中的大舜耕田图。但当时并不知道画的是什么意思，只觉得看上端的画，比读下面的“云淡风轻近午天”有趣。我家开着染坊店，我向染匠司务讨些颜料来，溶化在小盅子里，用笔蘸了为书上的单色画着色，涂一只红象、一个蓝人、一片紫地，自以为得意。但那书的纸不是道林纸，而是很薄的中国纸，颜料涂在上面的纸上，会渗透下面好几层。我的颜料笔又吸得饱，透得更深。等得着好色，翻开书来一看，下面七八页上，都有一只红象、一个蓝人和一片紫地，好像用三色版套印的。

第二天上书的时候，父亲——就是我的先生——就骂，几乎要打手心；不知被母亲或是大姐劝住了，终于没有打。我抽抽咽咽地哭了一顿，把颜料盅子藏在扶梯底下了。晚上，等到先生——就是我的父亲——上鸦片馆去了，我再向扶梯底下取出颜料盅子，叫红英——管我的女仆——到店堂里去偷几张煤头纸来，就在扶梯底下的半桌上的“洋油手照”底下描色彩画。画一个红人，一只蓝狗，一间紫房子……这些画的最初的鉴赏者，便是红英。后来母亲和诸姐也看到了，她们都说“好”；可是我没有给父亲看，防恐吃手心。这就叫做“七岁入塾即擅长丹青”。况且向染坊店里讨来的颜料不止丹和青呢！

后来，我在父亲晒书的时候找到了一部人物画谱，翻一翻，看见里面花样很多，便偷偷地取出了，藏在自己的抽斗里。晚上，又偷偷地拿到扶梯底下的半桌上去给红英看。这回不想再在书上着色；却想照样描几幅看，但是一幅也描不像。亏得红英想工[1]好，教我向习字簿上撕下一张纸来，印着了描。记得最初印着描的是人物谱上的柳柳州像。当时第一次印描没有经验，笔上墨水吸得太饱，习字簿上的纸又太薄，结果描是描成了，但原本上渗透了墨水，弄得很龌龊，曾经受大姐的责骂。这本书至今还存在，最近我晒旧书时候还翻出这个弄龌龊了的柳柳州像来看：穿了很长的袍子，两臂高高地向左右伸起，仰起头作大笑状。但周身都是斑斓的墨点，便是我当日印上去的。回思我当日最初就印这幅画的原因，大概是为了他高举两臂作大笑状，好像我的父亲打呵欠的模样，所以特别有兴味吧。后来，我的“印画”的技术渐渐进步。大约十二三岁的时候（父亲已经弃世，我在另一私塾读书了），我已把这本人物谱统统印全。所用的纸是雪白的连史纸，而且所印的画都着色。着色所用的颜料仍旧是染坊里的，但不复用原色。我自己会配出各种的间色来，在画上施

(1) 想工，浙江嘉兴一带方言，意为办法。——编者注

以复杂华丽的色彩，同塾的学生看了都很欢喜，大家说“比原本上的好看得多”！而且大家问我讨画，拿去贴在灶间里，当做灶君菩萨；或者贴在床前，当做新年里买的“花纸儿”。所以说我“课余常摹古人笔意，写人物花鸟之图，以为游戏。同塾年长诸生竞欲乞得其作品而珍藏之”，也都有因；不过其事实是如此。

至于学生夺画相殴打，先生请我画至圣先师孔子像，悬诸塾中，命诸生晨夕礼拜，也都是确凿的事实，你听我说吧：那时候我们在私塾中弄画，同在现在社会里抽鸦片一样，是不敢公开的。我好像是一个土贩或私售灯吃的，同学们好像是上了瘾的鸦片鬼，大家在暗头里作勾当。先生坐在案桌上的时候，我们的画具和画都藏好，大家一摇一摆地读“幼学”书。等到下午，照例一个大块头来拖先生出去吃茶了，我们便拿出来弄画。我先一幅幅地印出来，然后一幅幅地涂颜料。同学们便像看病时向医生挂号一样，依次认定自己所欲得的画。得画的人对我有一种报酬，但不是稿费或润笔，而是种种玩意儿：金铃子一对连纸匣；挖空老菱壳一只，可以加上绳子去当做陀螺抽的；“云”字顺治铜钱一枚（有的顺治铜钱，后面有一个字，字共有二十种。我们儿时听大人说，积得了一套，用绳编成宝剑形状，挂在床上，夜间一切鬼都不敢来。但其中，好像是“云”字，最不易得，往往为缺少此一字而编不成宝剑。故这种铜钱在当时的我们之间是一种贵重的赠品），或者铜管子（就是当时炮船上新用的后膛枪子弹的壳）一个。有一次，两个同学为交换一张画，意见冲突，相打起来，被先生知道了。先生审问之下，知道相打的原因是为画，追求画的来源，知道是我所作，便厉声喊我走过去。我料想是吃戒尺了，低着头不睬，但觉得手心里火热了。终于先生走过来了，我已吓得魂不附体，但他走到我的座位旁边，并不拉我的手，却问我："这画是不是你画的？"我回答一个"是"字，预备吃戒尺了。他把我的身体拉开，抽开我的抽斗，搜查起来。我的画谱、颜料，以及印好而未着色的画，就都被他搜出。我以为这些东西全被没收了，结果不然，他但把画谱拿了去，坐在自己的椅子上一张一张地观赏起来。过了好一会，先生旋转头来叱一声"读"，大家朗朗地读："混沌初开，乾坤始奠……"这件案子便停顿了。我偷眼看先生，见他把画谱一张一张地翻下去，一直翻到底。放假[1]的时候我夹了书包走到他面前去作一个揖，他换了一种与前不同的语气对我说："这书明天给你。"

明天早上我到塾，先生翻出画谱中的孔子像，对我说："你能看了样画一个大的吗？"我没有防到先生也会要我画起画来，有些"受宠若惊"的感觉，支吾地回答说："能。"其实

(1) 放假，指放学。——编者注

我向来只是“印”，不能“放大”，这个“能”字是被先生的威严吓出来的。说出之后心头发一阵闷，好像一块大石头吞在肚里了。先生继续说：“我去买张纸来，你给我放大了画一张，也要着色彩的。”我只得说“好”。同学们看见先生要我画画了，大家装出惊奇和羡慕的脸色，对着我看。我却带着一肚皮心事，直到放假。

放假时我夹了书包和先生交给我的一张纸回家，便去向大姐商量。大姐教我，用一张画方格子的纸，套在画谱的书页中间。画谱纸很薄，孔子像就有经纬格子范围着了。大姐又拿缝纫用的尺和粉线袋给我在先生交给我的大纸上弹了大方格子，然后向镜箱中取出她画眉毛用的柳条枝来，烧一烧焦，教我依方格子放大的画法。那时候我们家里还没有铅笔和三角板、米突 [米（metre）] 尺，我现在回想大姐所教我的画法，其聪明实在值得佩服。我依照她的指导，竟用柳条枝把一个孔子像的底稿描成了，同画谱上的完全一样，不过大得多，同我自己的身体差不多大。我伴着了热烈的兴味，用毛笔勾出线条，又用大盆子调了多量的颜料，着上色彩，一个鲜明华丽而伟大的孔子像就出现在纸上。店里的伙计，作坊里的司务，看见了这幅孔子像，大家说：“出色！”还有几个老妈子，尤加热烈地称赞我的“聪明”和画的“齐整”，并且说：“将来哥儿给我画个容像，死了挂在灵前，也沾些风光。”我在许多伙计、司务和老妈子的盛称声中，俨然地成了一个小画家。但听到老妈子要托我画容像，心中却有些儿着慌。我原来只会“依样画葫芦”的！全靠那格子放大的枪花[1]，把书上的小画改成为我的“大作”，又全靠那颜色的文饰，使书上的线描一变而为我的“丹青”。格子放大是大姐教我的，颜料是染匠司务给我的，归到我自己名下的工作，仍旧只有“依样画葫芦”。如今老妈子要我画容像，说“不会画”有伤体面，说“会画”将来如何兑现？且置之不答，先把画缴给先生去。先生看了点头。次日画就粘贴在堂名匾下的板壁上。学生们每天早上到塾，两手捧着书包向它拜一下；晚上散学，再向它拜一下。我也如此。

自从我的“大作”在塾中的堂前发表以后，同学们就给我一个绰号“画家”。每天来访先生的那个大块头看了画，点点头对先生说：“可以。”这时候学校初兴，先生忽然要把我们的私塾大加改良了。他买一架风琴来，自己先练习几天，然后教我们唱“男儿第一志气高，年纪不妨小”的歌。又请一个朋友来教我们学体操，我们都很高兴。有一天，先生呼我走过去，拿出一本书和一大块黄布来，和蔼地对我说：“你给我在黄布上画一条龙，”又翻开书来，继续说，“照这条龙一样。”原来这是体操时用的国旗。我接受了这命令，只得又去向大姐商量；再用老法子把龙

(1) 武术中枪术变化的一种花招，可以使对方产生错觉。——编者注

放大，然后描线、涂色。但这回的颜料不是从染坊店里拿来，是由先生买来的铅粉、牛皮胶和红、黄、蓝各种颜色。我把牛皮胶煮溶了，加入铅粉，调制各种不透明的颜料，涂到黄布上，同西洋中世纪的fresco[壁画]画法相似。龙旗画成了，就被高高地张在竹竿上，引导学生通过市镇，到野外去体操。我悔不在体操后偷把那龙旗藏过了，好让我的传记里添两句："其画龙点睛后忽不见，盖已乘云上天矣。"我的"画家"绰号自此更盛行，而老妈子的画像也催促得更紧了。

我再向大姐商量。她说二姐丈会画肖像，叫我到他家去"偷关子"。我到二姐丈家，果然看见他们有种种特别的画具：玻璃九宫格、擦笔、contê[(1)]、米突尺、三角板。我向二姐丈请教了些笔法，借了些画具，又借了一包照片来，作为练习的样本。因为那时我们家乡地方没有照相馆，我家里没有可用玻璃格子放大的四寸半身照片。回家以后，我每天一放学就埋头在擦笔、照相、画中。这原是为了老妈子的要求而"抱佛脚"的，可是她没有照相，只有一个人。我的玻璃格子不能罩到她的脸孔上去，没有办法给她画像。天下事有会巧妙地解决的。大姐在我借来的一包样本中选出某老妇人的一张照片来，说："把这个人的下巴改尖些，就活像我们的老妈子了。"我依计而行，果然画

(1) 即 crayon contê，木炭铅笔。——编者注

了一幅八九分像的肖像画，外加在擦笔上面涂以漂亮的淡彩：粉红色的肌肉，翠蓝色的上衣，花带镶边；耳朵上外加挂上一双金黄色的珠耳环。老妈子看见珠耳环，心花盛开，即使完全不像，也说“像”了。自此以后，亲戚家死了人我就有差使——画容像。活着的亲戚也拿一张小照来叫我放大，挂在厢房里，预备将来可现成地移挂在灵前。我十七岁出外求学，年假、暑假回家时还常常接受这种义务生意。直到我十九岁时，从先生学了木炭写生画，读了美术的论著，方才把此业抛弃。到现在，在故乡的几位老伯伯和老太太之间，我的擦笔肖像画家的名誉依旧健在；不过他们大都以为我近来“不肯”画了，不再来请教我。前年还有一位老太太把她的新死了的丈夫的四寸照片寄到我上海的寓所来，哀求地托我写照。此道我久已生疏，早已没有画具，况且又没有时间和兴味。但无法对她说明，就把照片送到霞飞路的某照相馆里，托他们放大为廿四寸的，寄了去，后遂无问津者。

假如我早得学木炭写生画，早得受美术论著的指导，我的学画不会走这条崎岖的小径。唉，可笑的回忆，可耻的回忆，写在这里，给世间学画的人作借镜吧。

一九三四年二月作

注意力集中

钻研

既耕亦已种　时还读我书

学习

我的苦学经验

我于一九一九年，二十二岁的时候，毕业于杭州的浙江省立第一师范学校。这学校是初级师范。我在故乡的高等小学毕业，考入这学校，在那里肄业五年而毕业。故这学校的程度，相当于现在的中学校，不过是以养成小学教师为目的的。

但我于暑假时在这初级师范毕业后，既不做小学教师，也不升学，却就在同年的秋季，来上海创办专门学校，而做专门科的教师了。这种事情，现在我自己回想想也觉得可笑。但当时自有种种的因缘，使我走到这条路上。因缘者何？因为我是偶然入师范学校的，并不是抱了做小学教师的目的而入师范学校的。（关于我的偶然入师范，现在属于题外，不便详述。异日拟另写一文，以供青年们投考的参考。）故我在校中只是埋头攻学，并不注意于教育。在四年级的时候，我的兴味忽然集中在图画上了。甚至抛弃其他一切课业而专习图画，或托事请假而到西湖上去作风景写生。所以我在校的前几年，学期考试的成绩屡列第一名，而毕业时已降至第二十名。因此毕业之后，当然无意于做小学教师，而希望发挥自己所热衷的图画。但我的家境不许我升学而专修绘画。正在踌躇之际，恰好有同校的高等师范图画手工专修科毕业的吴梦非君，和新从日本研究音乐而归国的旧同学刘质平君，计议在上海创办一个养成图画音乐手工教员的学校，名曰专科师范学校。他们正在招求同人。刘君知道我热衷于图画而又无法升学，就来拉我去帮办。我也不自量力，贸然地答允了他。于是我就做了专科师范的创办人之一，而在这学校之中教授西洋画等课了。这当然是很勉强的事。我所有关于绘画的学识，不过在初级师范时偷闲画了几幅木炭石膏模型写生，又在晚上请校内的先生教些日本文，自己向师范学校的藏书楼中借得一部日本明治年间出版的《正则洋画讲义》，从其中窥得一些陈腐的绘画知识而已。我犹记得，这时候我因为自己只有一点对于石膏模型写生的兴味，故竭力主张“忠实写生”的画法，以为绘画以忠实模写自然为第一要义。又向学生演说，谓中国画的不忠于写实，为其最大的缺点；自然中含有无穷的美，唯能忠实于自然模写者，方能发现其美。就拿自己在师范学校时放弃了晚间的自修课而私下在图画教室中费了十七小时而描成的 Venus [维纳斯] 头像的木炭画揭示学生，以鼓励他们的忠实写生。当一九二〇年的时代，而我在上海的绘画专门学校中厉行这样的画风，现在回想起来，真是闭门造车。然而当时的环境，颇能容纳我这种教法。因为当时中国宣传西洋画的机关绝少，上海只有一所美术专门学校，专科师范是第二个兴起者。当时社会上人士，大半尚未知道西洋画为何物，或以为美女月份牌就是西洋画的代表，或以为香烟牌子就是西洋画的代表。所以在世界上看来我虽然是闭门造车，但在中国之内，我这种教法大可卖野人头呢。但野人头终于不能常卖，后来我渐渐觉得自己的教法陈腐而有破绽了，因为上海宣传西洋画的机关日渐多起来，从东西洋留学归国的西洋画家也时有所闻了。我又在上海的日本书店内购得了几册美术杂志，从中窥知了一些最近西洋画界的消息，以及日本美术界的盛况，觉得从前在《正则洋画讲义》中所得的西洋画知识，实在太陈腐而狭小了。虽然别的绘画学校并不见有比我更新的教法，归国的美术家也并没有什么发表，但我对于自己的信用已渐渐丧失，不敢再在教室中扬眉瞬目而卖野人头了。我懊悔自己冒昧地当了这教师。我在布置静物写生标本的时候，曾为了一只青皮的橘子而起自伤之念，以为我自己犹似一只半生半熟的橘子，现在带着青皮卖掉，给人家当做习画标本了。我想窥见西洋画的全豹，我也想到东西洋去留学，做了美术家而归国。但是我的境遇不许我留学。况且我这时候已经有了妻子。做教师所得的钱，赡养家庭尚且不够，哪里来留学的钱呢？经过了许久烦恼的日月，终于决定非赴日本不可。我在专科师范中当了一年半的教师，在一九二一年的早春，向我的姊丈周印池君借了四百块钱（这笔钱我才于二三年前还他。我很感谢他第一个惠我的同情），就抛弃了家庭，独自冒险地到东京去了。得去且去，以后的问题以后再说。至少，我用完了这四百块钱而回国，总得看一看东京美术界的状况了。

但到了东京之后，就有许多关切的亲戚朋友，设法接济我的经济。我的岳父给我约了一个一千元的会，按期寄洋钱给我，专科师范的同人吴刘二君，亦各以金钱相遗赠，结果我一共得了约二千块钱，在东京维持了足足十个月的用度，到了同年的冬季，金尽而返国。这一去称为留学嫌太短，称为旅行嫌太长，成了三不像的东西。同时我的生活也是三不像的。我在这十个月内，前五个月是上午到洋画研究会中去习画，下午读日本文。后五个月废止了日本文，而每日下午到音乐研究会中去学提琴，晚上又去学英文。然而各科都常常请假，拿请假的时间来参观展览会，听音乐会，访图书馆，看 opera[歌剧]，以及游玩名胜，钻旧书店，跑夜摊（yomise）。因为这时候我已觉悟了各种学问的深广，我只有区区十个月的求学时间，决不济事。不如走马看花，吸呼一些东京艺术界的空气而回国吧。幸而我对于日本文，在国内时已约略懂得一点，会话也早已学得了几声。到东京后，旅舍中唤茶、商店中买物等事，勉强能够对付。我初到东京的时候，随了众同国人入东亚预备学校学习日语，嫌其程度太低，教法太慢，读了几个礼拜就辍学。自己异想天开，为了学习日本语的目的，向一个英语学校的初级班报名，每日去听讲两小时。他们是从 A boy，A dog[一个男孩，一只狗]教起的，所用的英文教本与开明第一英文读本程度相同。对于英文我已完全懂得，我的目的是要听这位日本先生怎样地用日本语来解说我所已懂得的英文，便在这时候偷取日本语会话的诀窍，这异想天开的办法果然成功了。我在那英语学校里听了一个月讲，果然于日语会话及听讲上获得了很多的进步。同时看书的能力也进步起来。本来我只能看《正则洋画讲义》一类的刻板的叙述体文字，现在连《不如归》和《金色夜叉》（日本旧时很著名的两部小说）都会读了。我的对于文学的兴味，是从这时候开始的。以后我就为了学习英语的目的而另入一英语学校。我报名入最高的一班，他们教我读伊尔文的 *Sketch Book*(1)。这时候我方才知道英文中有这许多难记的生字（我在师范学校毕业时只读到《天方夜谭》）。兴味一浓，我便嫌先生教得太慢。后来在旧书店里找到了一册 *Sketch Book* 讲义录，内有详细的注解和日译文，我确信这可以自修，便辍了学，

(1) 指美国作家 Washington Irving（华盛顿·欧文，旧译华盛顿·伊尔文）的《见闻杂记》。——编者注

每晚伏在东京的旅舍中自修*Sketch Book*。我自己限定于几个礼拜之内把此书中所有一切生字抄写在一张图画纸上，把每字剪成一块块的纸牌，放在一只匣子中。每天晚上，像摸数算命一般地向匣子中探摸纸牌，温习生字。不久生字都记诵，*Sketch Book* 全部都会读，而读起别的英语小说来也很自由了。路上遇见英语学校的同学，询知道他们只教了全书的几分之一，我心中觉得非常得意。从此我对于学问相信用机械的方法而下苦功。知识这样东西，要其能够于应用，分量原是有限的。我们要获得一种知识，可以先定一个范围，立一个预算，每日学习若干，则若干日可以学毕，然后每日切实地实行，非大故不准间断，如同吃饭一样。照我当时的求学的勇气预算起来，要得各种学问都不难：东西洋知名的几册文学大作品，我可以克日读完；德文法文等，我都可以依赖各种自修书而在最短时期内学得读书的能力；提琴教则本 *Hohmann*（《霍曼》）五册，我能每日练习四小时而在一年之内学毕；除了绘画不能硬要进步以外，其余的学问，在我都可以用机械的用功方法来探求其门径。然而这都是梦想，我的正式求学的时间只有十个月，能学得几许的学问呢？我回国之后，回想在东京所得的，只是描了十个月的木炭画，拉完了三本 *Hohmann*，此外又带了一些读日本文和读英文的能力而回国。回国之后，我为了生活和还债，非操职业不可。没有别的职业可操，只得仍旧做教师。一直做到了今年的秋季。十年来我不断地在各处的学校中做图画、音乐或艺术理论的教师。一场重大的伤寒病令我停止了教师的生活。现在蛰居在嘉兴的穷巷老屋中，伴着了药炉茶灶而写这篇稿子。

故我出了中学以后，正式求学的时期只有可怜的十个月。此后都是非正式的求学，即在教课的余暇读几册书而已。但我的绘画、音乐的技术，从此日渐荒废了。因为技术不比别的学问，需要种种的设备，又需要每日不断的练习时间。研究绘画须有画室，研究音乐须有乐器，设备不周就无从用功。停止了几天，笔法就生疏，手指就僵硬。做教师的人，居处无定，时间又无定，教课准备又忙碌，虽有利用课余以研究艺术的梦想，但每每不能实行。日久荒废更甚。我的油画箱和提琴，久已高搁在书橱的最高层，其上积着寸多厚的灰尘了。手痒的时候，拿毛笔在废纸上涂抹，偶然成了那种漫画。口痒的时候，在口琴上吹奏简单的旋律，令家里的孩子们和着了唱歌，聊以慰藉我对于音乐的嗜好。世间与我境遇相似而酷嗜艺术的青年们，听了我的自述，恐要寒心吧！

但我幸而还有一种可以自慰的事，这便是读书。我的正式求学的十个月，给了我一些阅读外国文的能力。读书不像研究绘画音乐地需要设备，也不像研究绘画音乐地需要每日不断的练习。只要有钱买书，空的时候便可阅读。我因此得在十年的非正式求学期中读了几册关于绘画、音乐艺术等的书籍，知道了世间的一些些事。我在教课的时候，常把自己所读过的书译述出来，给学生们做讲义。后来有朋友开书店，我乘机把这些讲义稿子交他刊印为书籍，不期地走到了译著的一条路上。现在我还是以读书和译著为生活。回顾我的正式求学时代，初级师范的五年只给我一个学业的基础，东京的十个月间的绘画音乐的技术练习已付诸东流。独有非正式求学时代的读书，十年来一直随伴着我，慰藉我的寂寥，扶持我的生活。这真是以前所梦想不到的偶然的结果。我的一生都是偶然的，偶然入师范学校，偶然欢喜绘画音乐，偶然读书，偶然译著，此后正不知还要逢到何种偶然的机缘呢。

读我这篇自述的青年诸君！你们也许以为我的读书生活是幸运而快乐的；其实不然，我的读书是很苦的。你们都是正式求学，正式求学可以堂堂皇皇地读书，这才是幸运而快乐的。但我是非正式求学，我只能伺候教课的余暇而偷偷隐隐地读书。做教师的人，上课的时候当然不能读书，开议会的时候不能读书，监督自修的时候也不能读书，学生课外来问难的时候又不能读书，要预备明天的教授的时候又不能读书。担任了它一小时的功课，便是这学校的先生，便有参加议会、监督自修、解答问难、预备教授的义务；不复为自由的身体，不能随了读书的兴味而读书了。我们读书常被教务所打断，常被教务所分心，决不能像正式求学的诸君的专一。所以我的读书，不得不用机械的方法而下苦功，我的用功都是硬做的。

我在学校中，每每看见用功的青年们，闲坐在校园里的青草地上，或桃花树下，伴着了蜂蜂蝶蝶、燕燕莺莺，手执一卷而用功。我羡慕他们，真像潇洒的林下之士！又有用功的青年们，拥着棉被高枕而卧在寝室里的眠床中，手执一卷而用功。我也羡慕他们，真像耽书的大学问家！有时我走近他们去，借问他们所读为何书，原来是英文数学或史地理化，他们是在预备明天的考试。这使我更加要羡慕煞了。他们能用这样轻快闲适的态度而研究这类知识科学的书，岂真有所谓“过目不忘”的神力么？要是我读这种书，我非吃苦不可。我须得埋头在案上，行种种机械的方法而用笨功，以硬求记诵。诸君倘要听我的笨话，我愿把我的笨法子一一说给你们听。

在我，只有诗歌、小说、文艺，可以闲坐在草上花下或偃卧在眠床中阅读。要我读外国语或知识学科的书，我必须用笨功。请就这两种分述之。

第一，我以为要通一国的国语，须学得三种要素，即构成其国语的材料、方法，以及其语言的腔调。材料就是“单语”，方法就是“文法”，腔调就是“会话”。我要学得这三种要素，都非行机械的方法而用笨功不可。

“单语”是一国语的根底。任凭你有何等的聪明力，不记单语决不能读外国文的书，学生们对于学科要求伴着趣味，但谙记生字极少有趣味可伴，只得劳你费点心了。我的笨法子即如前所述，要读 *Sketch Book*，先把 *Sketch Book* 中所有的生字写成纸牌，放在匣中，每天摸出来记诵一遍。记牢了的纸牌放在一边，记不牢的纸牌放在另一边，以便明天再记。每天温习已经记牢的字，勿使忘记。等到全部记诵了，然后读书，那时候便觉得痛快流畅。其趣味颇足以抵偿摸纸牌时的辛苦。我想熟读英文字典，曾统计字典上的字数，预算每天记诵二十个字，若干时日可以记完。但终于未曾实行。倘能假我数年正式求学的日月，我一定已经实行这计划了。因为我曾仔细考虑过，要自由阅读一切的英语书籍，只有熟读字典是最根本的善法。后来我向日本购买一册《和英根底一万语》，假如其中一半是我所已知的，则每天记二十个字，不到一年就可记完，但这计划实行之后，终于半途而废。阻碍我的实行的，都是教课。记诵《和英根底一万语》的计划，现在我还保留在心中，等候实行的机会呢。我的学习日本语，也是用机械的硬记法。在师范学校时，就在晚上请校中的先生教日语。后来我买了一厚册的《日语完璧》，把后面所附的分类单语，用前述的方法一一记诵。当时只是硬记，不能应用，且发音也不正确；后来我到了日本，从日本人的口中听到我以前所硬记的单语，实证之后，我脑际的印象便特别鲜明，不易忘记。这时候的愉快也很可以抵偿我在国内硬记时的辛苦。这种愉快使我甘心消受硬记的辛苦，又使我始终确信硬记单语是学外国语的最根本的善法。

关于学习“文法”，我也用机械的笨法子。我不读文法教科书，我的机械的方法是“对读”。例如拿一册英文圣书和一册中文圣书并列在案头，一句一句地对读。积起经验来，便可实际理解英语的构造和各种词句的腔调。圣书之外，他种英文名著和名译，我亦常拿来对读。日本有种种英和对译丛书，左页是英文，右页是日译，下方附以注解。我曾从这种丛书得到不少的便利。文法原是本于论理的，只要论理的观念明白，便不学文法，不分 noun[名词]与 verb[动词]亦可以读通英文。但对读的态度当然是要非常认真。须要一句一字地对勘，不解的地方不可轻轻通过，必须明白了全句的组织，然后前进。我相信认真地对读几部名作，其功效足可抵得学校中数年英文教科。——这也可说是无福享受正式求学的人的自慰的话；能入学校中受先生教导，当然比自修更为幸福。我也知道入学是幸福的，但我真犯贱，嫌它过于幸福了。自己不费钻研而袖手听讲，由先生拖长了时日而慢慢地教去，幸福固然幸福了，但求学心切的人怎能耐烦呢？求学的兴味怎能不被打断呢？学一种外国语要拖长许久的时日，我们的人生有几回可供拖长呢？语言文字，不过是求学问的一种工具，不是学问的本身。学些工具都要拖长许久的时日，此生还来得及研究几许学问呢？拖长了时日而学外国语，真是俗语所谓“拉得被头直，天亮了！”我固然无福消受入校正式求学的幸福；但因了这个理由，我也不愿消受这种幸福，而宁愿独自来用笨功。

关于“会话”，即关于言语的腔调的学习，我又喜用笨法子。学外国语必须通会话。与外国人对晤当然须通会话，但自己读书也非通会话不可。因为不通会话，不能体会语言的腔调；腔调是语言的神情所寄托的地方，不能体会腔调，便不能彻底理解诗歌小说戏剧等文学作品的精神。故学外国语必须通会话。能与外国人共处，当然最便于学会话。但我不幸而没有这种机会，我未曾到过西洋，我又是未到东京时先在国内自习会话的。我的学习会话，也用笨法子，其法就是“熟读”。我选定了一册良好而完全的会话书，每日熟读一课，克期读完。熟读的方法更笨，说来也许要惹人笑。我每天自己上一课新书，规定读十遍。计算遍数，用选举开票的方法，每读一遍，用铅笔在书的下端划一笔，便凑成一个字。不过所凑成的不是选举开票用的“正”字，而是一个“讀”字。例如第一天读第一课，读十遍，每读一遍画一笔，便在第一课下面画了一个“言”字旁和一个“士”字头。第二天读第二课，亦读十遍，亦在第二课下面画一个“言”字和一个“士”字，继续又把昨天所读的第一课温习五遍，即在第一课的下面加了一个“四”字。第三天在第三课下画一“言”字和“士”字，继续温习昨日的第二课，在第二课下面加一“四”字，又继续温习前日的第一课，在第一课下面再加了一个“目”字。

第四天在第四课下面画一“言”字和一“士”字，继续在第三课下加一“四”字，第二课下加一“目”字，第一课下加一“八”字，到了第四天而第一课下面的“讀”字方始完成。这样下去，每课下面的“讀”字，逐一完成。“讀”字共有二十二笔，故每课共读二十二遍，即生书读十遍，第二天温五遍，第三天又温五遍，第四天再温二遍。故我的旧书中，都有铅笔画成的“讀”字，每课下面有了一个完全的“讀”字，即表示已经熟读了。这办法有些好处：分四天温习，屡次反复，容易读熟。我完全信托这机械的方法，每天像和尚念经一般地笨读。但如法读下去，前面的各课自会逐渐地从我的唇间背诵出来，这在我又感到一种愉快，这愉快也足可抵偿笨读的辛苦，使我始终好笨而不迁。会话熟读的效果，我于英语尚未得到实证的机会，但于日本语我已经实证了。我在国内时只是笨读，虽然发音和语调都不正确，但会话的资料已经完备了。故一听到日本人的说话，就不难就自己所已有的资料而改正其发音和语调，比较到了日本而从头学起来的，进步快速得多。不但会话，我又常从对读的名著中选择几篇自己所最爱读的短文，把它分为数段，而用前述的笨法子按日熟读。例如 Stevenson[史蒂文森]和夏目漱石的作品，是我所最喜熟读的材料。我的对于外国语的理解，和对于文学作品的理解，都因了这熟读的方法而增进一些。这益使我始终好笨而不迁了。——以上是我对于外国语的学习法。

第二，对于知识学科的书的读法，我也有一种见地：知识学科的书，其目的主要在于事实的报告；我们读史地理化等书，亦无非欲知道事实。凡一种事实，必有一个系统。分门别类，源源本本，然后成为一册知识学科的书。读这种书的第一要点，是把握其事实的系统。即读者也须源源本本地谙记其事实的系统，却不可从局部着手。例如研究地理，必须源源本本地探求世界共分几大洲、每大洲有几国、每国有何种山川形胜等。则读毕之后，你的头脑中就摄取了地理的全部学问的梗概，虽然未曾详知各国各地的细情，但地理是什么样一种学问，我们已经知道了。反之，若不从大处着眼，而孜孜从事于局部的记忆，即使你能背诵喜马拉雅山高几尺、尼罗河长几里，也只算一种零星的知识，却不是研究地理。故把握系统，是读知识学科的书籍的第一要点。头脑清楚而记忆力强大的人，凡读一书，能处处注意其系统，而在自己的头脑中分门别类，作成井然的条理；虽未看到书中详叙细事的地方，亦能知道这详叙位在全系统中哪一门哪一类哪一条之下，及其在全部中重要程度如何。这仿佛在读者的头脑中画出全书的一览表，我认为这是知识书籍的最良的读法。

但我的头脑没有这样清楚，我的记忆力没有这样强大。我的头脑中地位狭窄，画不起一览表来。倘教我闲坐在草上花下或偃卧在眠床中而读知识学科的书，我读到后面便忘记前面。

终于弄得条理不分，心烦意乱，而读书的趣味完全灭杀了。所以我又不得不用笨法子。我可用一本 notebook[笔记本]来代替我的头脑，在 notebook 中画出全书的一览表。所以我读书非常吃苦，我必须准备了 notebook 和笔，埋头在案上阅读。读到纲领的地方，就在 notebook 上列表，读到重要的地方，就在 notebook 上摘要。读到后面，又须时时翻阅前面的摘记，以明此章此节在全体中的位置。读完之后，我便抛开书籍，把 notebook 上的一览表温习数次。再从这一览表中摘要，而在自己的头脑中画出一个极简单的一览表。于是这部书总算读过了。我凡读知识学科的书，必须用 notebook 摘录其内容的一览表。所以十年以来，积了许多的 notebook，经过了几次迁居损失之后，现在的废书架上还留剩着半尺多高的一堆 notebook 呢。

我没有正式求学的福分，我所知道于世间的一些些事，都是从自己读书而得来的；而我的读书，都须用上述的机械的笨法子。所以看见闲坐在青草地上，桃花树下，伴着了蜂蜂蝶蝶、燕燕莺莺而读英文数学教科书的青年学生，或拥着棉被高枕而卧在眠床中读史地理化教科书的青年学生，我羡慕得真要怀疑！

一九三〇，十一，十三，嘉兴

竹几一灯人做梦

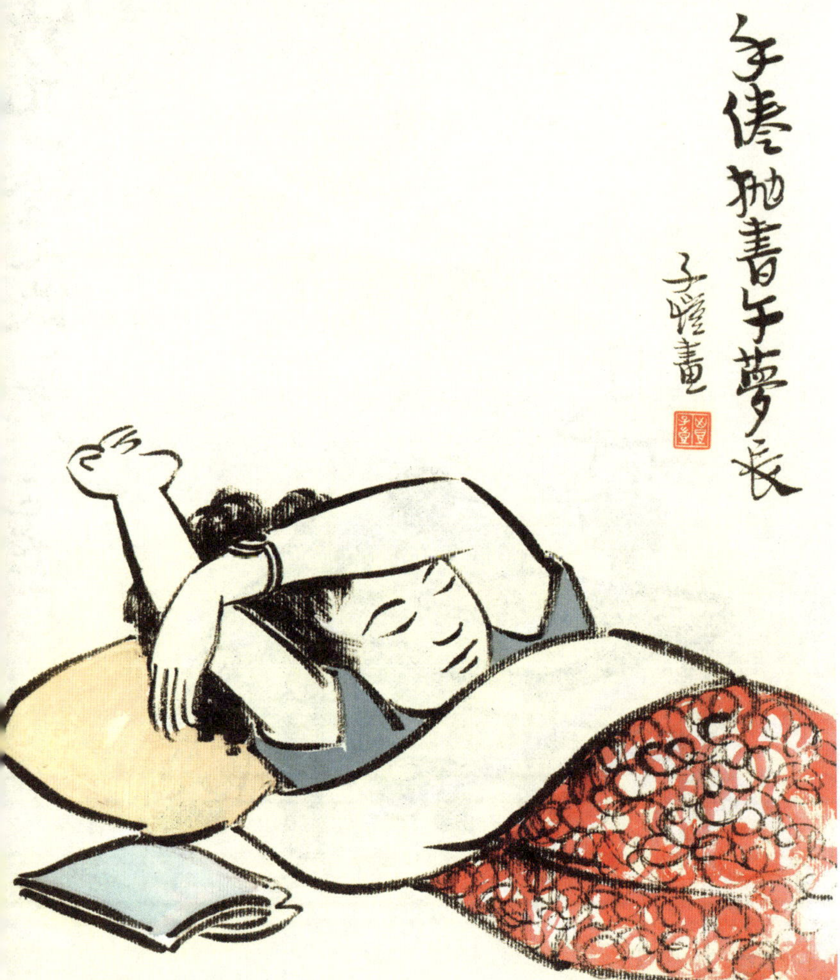

手倦抛书午梦长

用功

学习

送考

今年的早秋，我送一群小学毕业生到杭州来投考中学。

这一群小学毕业生中，有我的女儿和我的亲戚、朋友家的儿女。送考的也还有好几个人，父母、亲戚或先生。我名为送考，其实没有重要责任。因此我颇有闲散心情，可以旁观他们的投考。

坐船出门的一天，乡间旱象已成。运河两岸，水车同体操队伍一般排列着，咿呀之声不绝于耳。村中农夫全体出席踏水，已种田而未全枯的当然要出席，已种田而已全枯的也要出席，根本没有种田的也要出席；有的车上，连妇人、老太婆和十二三岁的孩子也都出席。这不是平常的灌溉，这是人与自然奋斗！我在船窗中听了这种声音，看了这种情景，不胜感动。但那班投考的孩子们对此如同不闻不见，只管埋头在《升学指导》《初中入学试题汇解》等书中。我喊他们：

"喂！抱佛脚没有用！看这许多人工作！这是百年来未曾见过的状态，大家看！"但他们的眼向两岸看了一看就回到书上，依旧埋头在书中。后来却提出种种问题来考我：

"穿山甲欢喜吃什么东西？"

"耶稣生时当中国什么朝代？"

"无烟火药是用什么东西制成的？"

"挪威的海岸线长多少哩？"

我全被他们难倒了，一个问题都答不出来。我装着内行的神气对他们说："这种题目不会考的！"他们都笑起来，伸出一根手指点着我，说："你考不出！你考不出！"我老羞并不成怒，笑着，倚在船窗上吸烟。后来听见他们里面有人在教我："穿山甲欢喜吃蚂蚁的！……"我管自看踏水，不去听他们的话；他们也管自埋头在书中，不来睬我，直到舍舟登陆。

乘进火车里，他们又拿出书来看；到了旅馆里，他们又拿出书来看；一直看到考的前晚。在旅馆里我们又遇到另外几个朋友的儿女，大家同去投考。赴考这一天，我五点钟就被他们吵醒，也就起个早来送他们。许多童男童女各人携了文具，带了一肚皮"穿山甲欢喜吃蚂蚁"之类的知识，坐黄包车去赴考。有几个十二三岁的女孩愁容满面地上车，好像被押赴刑场似的，看了真有些可怜。

到了晚快，许多孩子活泼泼地回来了。一进房间就凑作一堆讲话：哪个题目难，哪个题目易；你的答案不错，我的答案错，议论纷纷，沸反盈天。讲了半天，结果有的脸上表示满足，有的脸上表示失望。然而嘴上大家准备不取。男的孩子高声地叫：“我横竖不取的！”女的孩子恨恨地说：“我取了要死！”

他们每人投考的不止一个学校，有的考二校，有的考三校。大概省立的学校是大家共同投考的。其次，市立的、公立的、私立的、教会的，则各人各选。然而大多数的投考者和送考者的观念中，都把杭州的学校这样地排列着高下等第。明知自己的知识不足，算术做不出；明知省立学校难考取，要十个里头取一个，但宁愿多出一块钱的报名费和一张照片，去碰碰运气看。万一考得取，可以爬得高些。省立学校的“省”字仿佛对他们发散着无限的香气，大家讲起了不胜欣羡的。

从考毕到发表的几天之内，投考者之间空气非常沉闷。有几个女生简直是寝食不安，茶饭无心。他们的胡思梦想在谈话之中反反复复地吐露出来，考得得意的人，有时好像很有把握，在那里探听省立学校的制服的形式了；但有时听见人说“十个人里头取一个，成绩好的不一定统统取”，就忽然心灰意懒，去讨别的学校的招生简章了。考得不得意的人嘴上虽说“取了要死”，但从他们的屈指计算发表期的态度上，可以窥知他们并不绝望。世间不乏侥幸的例，万一取了，他们便是“死而复生”，岂不更加欢喜？然而有时他们忽然觉这太近于梦想，问过了“发表还有几天？”之后，立刻接上一句“不关我的事”。

我除了早晚听他们纷纷议论之外，白天统在外面跑，或者访友，或者觅画。省立学校录取案发表的一天，奇巧轮到我同去看榜。我觉得看榜这一刻工夫心情太紧张了，不教他们亲自去看。同时我也不愿意代他们去看；便想出一个调剂紧张的方法来：我同一班学生坐在学校附近一所茶店里了，教他们的先生一个人去看，看了回到茶店里来报告。然而这方法缓和得有限。在先生去了约一刻钟之后，大家眼巴巴地望他回来。有的人伸长了脖子向他的去处张望，有的人跨出门槛去等他。等了好久，那去处就变成了十目所视的地方，凡有来人，必牵惹许多小眼睛的注意，其中穿夏布长衫的人尤加触目惊心，几乎可使他们立起身来。久待不来，那位先生竟无辜地成了他们的冤家对头。有的女学生背地里骂他“死掉了”，有的男学生料他“被公共汽车碾死”。但他到底没有死，终于拖了一件夏布长衫，从那去处慢慢地踱回来了。“回来了，回来了”，一声叫后，全体肃静，许多眼睛集中在他的嘴唇上，听候发落。这数秒间的空气的紧张，是我这支自来水笔所不能描写的啊！

“谁取的”，“谁不取”，一一从先生的嘴唇上判决下来。他的每一句话好像一个霹雳，我几乎想包耳朵。受到这霹雳的人有的脸色惨白了，有的脸色通红了，有的茫然若失了，有的手足无措了，有的哭了，但没有笑的人。结果是不取的一半，取的一半。我抽了一口大气，开始想法子来安慰哭的人，我胡乱造出些话来把学校骂了一顿，说它办得怎样不好，所以不取并不可惜。不期说过之后，哭的人果然笑了，而满足的人似乎有些怀疑了。我在心中暗笑，孩子们的心，原来是这么脆弱的啊！教他们吃这种霹雳，真是残酷！

以后各校录取案发表的时候，我有意回避，不愿再尝那种紧张的滋味。但听说后来的缓和得多，因为小胆儿吓过几回，有些儿麻木了。不久，所有的学生都捞得了一个学校。于是找保人，缴学费，又忙了几天。这时候在旅馆所听到的谈话，都是“我们的学校长，我们的学校短”的一类话了。但这些“我们”之中，其亲切的程度有差别。大概考取省立学校的人所说的“我们”是亲切的，而且带些骄傲。考不取省立学校而只得进他们所谓不好的学校的人的“我们”，大概说得不亲切些。他们预备下年再去考省立学校。

旱灾比我们来时更进步了，归乡水路不通，下火车后，须得步行三十里。考取了学校的人都鼓着勇气，跑回家去取行李，雇人挑了，星夜起程跑到火车站，乘车来杭入学。考取省立学校的人尤加起劲，跑路不嫌辛苦，置备入学用品也不惜金钱。似乎能够考得进去，便有无穷的后望，可以一辈子荣华富贵，吃用不尽似的。

廿三 [1934] 年九月十日于西湖招贤寺

办公室

盛年不重来　一日难再晨
及时当勉励　岁月不待人

学习

两个『？』

我从幼小时候就隐约地看见两个“？”。但我到了三十岁上方才明确地看见它们。现在我把看见的情况写些出来。

第一个“？”叫做“空间”。我孩提时跟着我的父母住在故乡石门湾的一间老屋里，以为老屋是一个独立的天地。老屋的壁的外面是什么东西，我全不想起。有一天，邻家的孩子从壁缝间塞进一根鸡毛来，我吓了一跳；同时，悟到了屋的构造，知道屋的外面还有屋，空间的观念渐渐明白了。我稍长，店里的伙计抱了我步行到离家二十里的石门城里的姑母家去，我在路上看见屋宇毗连，想象这些屋与屋之间都有壁，壁间都可塞过鸡毛。经过了很长的桑地和田野之后，进城来又是毗连的屋宇，地方似乎是没有穷尽的。从前我把老屋的壁当做天地的尽头，现在知道不然。我指着城外问大人们：

“再过去还有地方吗？”大人们回答我说：“有嘉兴、苏州、上海；有高山，有大海，还有外国。你大起来都可去玩。”一个粗大的“？”隐约地出现在我的眼前。回家以后，早晨醒来，躺在床上驰想：床的里面是帐，除去了帐是壁，除去了壁是邻家的屋，除去了邻家的屋又是屋，除完了屋是空地，空地完了又是城市的屋，或者是山是海，除去了山，渡过了海，一定还有地方……空间到什么地方为止呢？我把这疑问质问大姐。大姐回答我说：“到天边上为止。”她说天像一只极大的碗覆在地面上。天边上是地的尽头，这话我当时还听得懂；但天边的外面又是什么地方呢？大姐说：“不可知了。”很大的“?”又出现在我的眼前，但须臾就隐去。我且吃我的糖果，玩我的游戏吧。

我进了小学校，先生教给我地球的知识。从前的疑问到这时候豁地解决了。原来地是一个球。那么，我躺在床上一直向里床方面驰想过去，结果是绕了地球一匝而仍旧回到我的床前。这是何等新奇而痛快的解决！我回家来欣然地把这新闻告诉大姐。大姐说：“球的外面是什么呢？”我说：“是空。”“空到什么地方为止呢？”我茫然了。我再到学校去问先生，先生说：“不可知了。”很大的“？”又出现在我的眼前，但也不久就隐去。我且读我的英文，做我的算术吧。

我进师范学校，先生教我天文。我怀着热烈的兴味而听讲，希望对于小学时代的疑问，再得一个新奇而痛快的解决。但终于失望。先生说："天文书上所说的只是人力所能发现的星球。"又说："宇宙是无穷大的。"无穷大的状态，我不能想象。我仍是常常驰想，这回我不再躲在床上向横方驰想，而是仰首向天上驰想；向这苍苍者中一直上去，有没有止境？有的么，其处的状态如何？没有的么，使我不能想象。我眼前的"?"比前愈加粗大、愈加迫近，夜深人静的时候，我屡屡为了它而失眠。我心中愤慨地想：我身所处的空间的状态都不明白，我不能安心做人！世人对于这个切身而重大的问题，为什么都不说起？以后我遇见人，就向他们提出这疑问。他们或者说不可知，或一笑置之，而谈别的世事了。我愤慨地反抗："朋友，这个问题比你所谈的世事重大得多，切身得多！你为什么不理？"听到这话的人都笑了。他们的笑声中似乎在说："你有神经病了。"我不好再问，只得让那粗大的"？"照旧挂在我的眼前。

第二个"?"叫做"时间"。我孩提时关于时间只有昼夜的观念。月、季、年、世等观念是没有的。我只知道天一明一暗，人一起一睡，叫做一天。我的生活全部沉浸在"时间"的急流中，跟了它流下去，没有抬起头来望望这急流的前后的光景的能力。有一次新年里，大人们问我几岁，我说六岁。母亲教我："你还说六岁？今年你是七岁了，已经过了年了。"我记得这样的事以前似曾有过一次。母亲教我说六岁时也是这样教的。

但相隔久远，记忆模糊不清了。我方才知道这样时间的间隔叫做一年，人活过一年增加一岁。那时我正在父亲的私塾里读完《千字文》，有一晚，我到我们的染坊店里去玩，看见账桌上放着一册账簿，簿面上写着“菜字元集”这四个字。我问管账先生，这是什么意思？他回答我说：“这是用你所读的《千字文》上的字来记年代的。这店是你们祖父手里开张的。开张的那一年所用的第一册账簿，叫做‘天字元集’，第二年的叫做‘地字元集’，天地玄黄，宇宙洪荒……每年用一个字。用到今年正是‘菜重芥姜’的‘菜’字。”因为这事与我所读的书有关联，我听了很有兴味。他笑着摸摸他的白胡须，继续说道：“明年‘重’字，后年‘芥’字，我们一直开下去，开到‘焉哉乎也’的‘也’字，大家发财！”我口快地接着说：“那时你已经死了！我也死了！”他用手掩住我的口道：“话勿得！话勿得！大家长生不老！大家发财！”我被他弄得莫名其妙，不敢再说下去了。但从这时候起，我不复全身沉浸在“时间”的急流中跟它漂流。我开始在这急流中抬起头来，回顾后面，眺望前面，想看看“时间”这东西的状态。我想，我们这店即使依照《千字文》开了一千年，但“天”字以前和“也”字以后，一定还有年代。那么，时间从何时开始，何时了结呢？又是一个粗大的“？”隐约地出现在我的眼前。我问父亲：“祖父的父亲是谁？”父亲道：“曾祖。”“曾祖的父亲是谁？”“高祖。”“高祖的父亲是谁？”

父亲看见我有些像孟尝君，笑着抚我的头，说：“你要知道他做什么？人都有父亲，不过年代太远的祖宗，我们不能一一知道他的人了。” 我不敢再问，但在心中思维“人都有父亲”这句话，觉得与空间的“无穷大”同样不可想象。很大的“？”又出现在我的眼前。

我入小学校，历史先生教我盘古氏开天辟地的事。我心中想：天地没有开辟的时候状态如何？盘古氏的父亲是谁？他的父亲的父亲的父亲……又是谁？同学中没有一个提出这样的疑问，我也不敢质问先生。我入师范学校，才知道盘古氏开天辟地是一种靠不住的神话。又知道西洋有达尔文的“进化论”，人类的远祖就是做戏法的人所畜的猴子。而且猴子还有它的远祖。从我们向过去逐步追溯上去，可一直追溯到生物的起源、地球的诞生、太阳的诞生、宇宙的诞生。再从我们向未来推想下去，可一直推想到人类的末日、生物的绝种、地球的毁坏、太阳的冷却、宇宙的寂灭。但宇宙诞生以前和寂灭以后，“时间”这东西难道没有了吗？“没有时间”的状态，比“无穷大”的状态愈加使我不能想象。而时间的性状实比空间的性状愈加难于认识。我在自己的呼吸中窥探时间的流动痕迹，一个个的呼吸鱼贯地翻进“过去”的深渊中，无论如何不可挽留。我害怕起来，屏住了呼吸，但自鸣钟仍在“的格，的格”地告诉我时间的经过。一个个的“的格”鱼贯地翻进过去的深渊中，仍是无论如何不可挽留的。时间究竟怎样开始？将怎样告终？我眼前的“？”比前愈加粗大，愈加迫近了。夜深人静的时候，我屡屡为它失眠。我心中愤慨地想：我的生命是跟了时间走的。“时间”的状态都不明白，我不能安心做人！世人对于这个切身而重大的问题，为什么都不说起？以后我遇见人，就向他们提出这个问题。他们或者说不可知，或者一笑置之，而谈别的世事了。我愤慨地反抗：“朋友！我这个问题比你所谈的世事重大得多、切身得多！你为什么不理？”听到这话的人都笑了。他们的笑声中似乎在说：“你有神经病了！”我不再问，只能让那粗大的“？”照旧挂在我的眼前，直到它引导我入佛教的时候。

廿二 [1933] 年二月廿四日

inn earth® 出品
地球旅馆

捧读文化
触及身心的阅读
全国总经销

出 品 人 张进步 程 碧

责任编辑 魏 青
特约编辑 孟令堃
装帧设计 UNLOOK · @ 广岛 Alvin
排版设计 捧读文化 · 李松

新 浪 微 博
微信公众号

法律顾问 天津益清（北京）律师事务所 王彦玲

出版投稿、合作交流，请发邮件至：innearth@foxmail.com
了解新书，图书邮购、团购、采购等，请联系发行电话：010-85805570